闇夜古堡的終戰——

Novel✎帝柳 Illust✎GUNNI

勾魂筆記本

THE END

✎If you choose to forget it,
you would remember it someday.
Listen! It's the stroke of 05:00.

柳阿一

驚悚小說作者，卻是個拖稿大王。對外是風流成性，舉手投足都是自我感覺良好的明星架式，可一旦對上兩位編輯，就變成像小鹿斑比的小媳婦樣，不時被虐的可憐蟲。不知為何失蹤一年，歸來後卻喪失這段時間的所有記憶，身邊還帶著一本名為「勾魂冊」的冊子。

殷宇

出版社的新進員工，方世傑的助理；在這
，他曾是刑警中的科學鑑識組一員。
事低調，講求效率，是平緩柳阿一和方世
間衝突的和事佬，但一開口就是一針見血
強殺傷力。他對於「好兄弟」相關的事情
有興趣。

殷婷

殷宇的妹妹，和殷宇一樣對於獵奇事物都十分著迷，卻在國外旅遊時突然失蹤。她不幸中了西法的計謀，成了祭品「塞特迦拉」！人魚化的她，是否能恢復成人類？

✎卓格．斐迪辛

傳說中的最強驅魔人，能操控聖劍「火焰之劍」，可惜他早已身亡。柳阿一等人欲喚醒他的靈魂以對抗西法，卻從中發現方世傑與卓格的血緣關係！

✎西法．斐迪辛

巴特菲萊教堂的神父，勾魂冊之主。其外貌俊美，帶著陰鬱氣質，不論男女都會為之心動。他企圖收集七宗罪的靈魂，只為達成自己的「願望」。與驅魔人卓格之間有一段剪不斷的糾葛……

✎方世傑

阿一的責任編輯，蚩壬出版社眾鬼使神差之一。被柳阿一稱作「阿大」。是個完美主義者、工作狂，對柳阿一相當嚴厲。他是無鬼神論者，卻有嚴重的靈異體質。

✎尚．溫徹斯特

曾為坐擁溫徹斯特州的領主公爵，生前是個遠近馳名的花花公子，長相英俊因而頗為自戀，開口必自稱「本公爵」，視他人為平民。
因為西法的緣故受困於故居之中，直到殷宇無意間來訪才將他解放。

INDEX

VII

被揭露的真相

—《人魚的溫柔淚傷》—

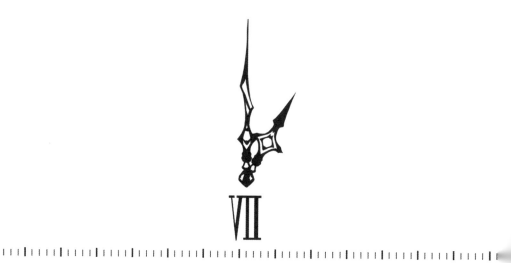

「小婷……妳怎麼會……！」

映入殷宇眼中的妹妹，全身膚色竟轉為徹底的慘白、過肩的長髮亦是一頭花白，就連瞳孔顏色也轉為近乎透明帶點銀色的狀態，身上各處更長有像是魚鱗一樣的東西！

「原來殷宇的妹妹是個白子嗎……」柳阿一見到殷婷的瞬間幾乎忘了呼吸，因為實在太過震驚。

「不，不是的，小婷不是白子……小婷妳告訴我，到底發生什麼事了！」

即使那張面容仍舊看得出是殷宇記憶中的殷婷，可是那白得嚇人的膚色、怪異的鱗片……在殷婷失蹤的這段期間究竟發生了何事？

縱然和柳阿一等人歷經了那麼多超現實的事，當這種無法用常理解釋的狀態發生在自己親人身上，就算是冷靜如殷宇也沒法維持鎮定。

「哥哥……我……」

殷婷欲言又止，眼眸低垂的她彷彿不知從何說起。

現在再仔細看，殷婷身上的肌膚不僅是異於常人之白，甚至也比常人更為光滑，像打過蠟一般還會透出光澤。

「我一時間不知道該怎麼說……我……！」

殷婷的話還未完，就先被一個突然的擁抱緊緊拴住。

「我說過，無論如何妳都是我的妹妹、我的家人，所以妳什麼都不需要顧慮。」

即使如今出現在他面前的殷婷已不是正常人類會有的模樣，哪怕此刻出現在他眼前的殷婷甚至會傷害到自己，但是作為從小失去雙親、彼此扶持長大的兄妹，更是這世間上最後的親人，殷宇都會對她張開雙臂──接納一切。

「宇哥哥……嗚、嗚嗚……」

冷冰的身子被殷宇緊緊擁抱著，以為將忘卻人與人之間溫度的殷婷，這一刻重新想起了家人的溫暖，還有自己在此之前作為一個人，以及作為殷宇妹妹的回憶。

她真是太差勁了！居然以為哥哥會對現在的她感到恐懼。哥哥他……明明是這個世界上唯一，也是最後一個會毫無條件站在她這邊的人啊！

看到這一幕的柳阿一和方世傑，又難得有志一同的感嘆。

命運對於眼前這對兄妹既殘酷又傷感，柳阿一與方世傑雖事先做了心理準備，但真正親眼見著殷婷仍不免感慨。只是為了釐清一切，就算明知殷婷即將要說出的真相會再次給予打擊，他們還是要認真的諦聽每一個字，絕不逃避。

於是，三人就在這幽暗而潮濕、外加空氣瀰漫著腐臭味的洞窟內，聽著本來也曾是一般人、如今卻變得一身慘白且長出鱗片的殷婷娓娓道來……

一切都要追溯到報名參加尼斯特村的旅行團之前。

「當初我的電子信箱收到一封廣告信，正是尼斯特村的旅行團廣告，標榜著奇異風俗的行程相當吸引我，而且剛好在舉辦抽獎活動，只要被抽中就能全程免費參加……」

「聽起來就是典型的陷阱或詐騙手法嘛……然後妳一定就是那個中獎的幸運兒對吧？」

「閉嘴，不要打斷別人的話，柳阿一。」

柳阿一不過才脫口說了一句，馬上被旁邊的自家編輯狠狠一瞪。

「其實你說得沒錯……想當初我真是太傻了……因為看到信上提及的尼斯特村各種充滿獵奇的當地儀式，我一時太興奮就……」

「……我該說不愧是和殷宇血脈相連的妹妹嗎？」柳阿一露出死魚般的眼神，心想殷家這對兄妹都怎麼了？他們的腦袋還好嗎？不，一定不怎麼好，所以才會對獵奇的東西感到興奮啊！

「如你所說的，我就是那位幸運兒。很快的我收拾了行李，因為時間很趕也沒向哥哥說明太多，當時便一個人衝到機場準備出國了……只是，到了出發當天才知道，原來參加這趟行程的只有我一人。」

「只有妳一人？等等，這種時候應該就會發覺不對勁吧？妳怎麼還會跟著出國來到尼斯特村！」柳阿一聽了之後，很吃驚的張大眼睛。

反觀殷婷尷尬的垂下頭來、結結巴巴的答：「因、因為導遊又跟我說了尼斯特村當地的鬼怪傳說和神秘失蹤案……所、所以我一時又熱血衝腦就……」

「……對此，我已經不知能再對妳說什麼了。」

聽到這說詞，柳阿一已經沒有搖頭的力氣了。這次就連總愛嫌他打斷別人說話的方世傑，也露出一副「這就是殷家血統的可怕」的感慨表情。

「總之，這趟旅程就只有我和那位導遊先生一起出發。到達尼斯特村的第一天還沒什麼異狀，導遊讓我一個人自由行動，而我在語言溝通上也不成問題，所以就沒想太多……」殷婷繼續說：「到了第二天，導遊說，要帶我到只有我們才能參觀的景點，當地人從不對外開放的地方。」

「妳所說的景點，就是這座森島吧？」

方世傑一問，殷婷便點點頭，答：「是的。那一天夜晚，我跟著導遊先來到了尼斯特湖，他說森島的景色在入夜後最美，也最有冒險的氛圍，所以我又……」

「行了，已不想對妳那獵奇腦充血的行為有任何意見了，請跳過解釋繼續說下去吧。」

這次強硬打斷對方話語的人正是方世傑。

在旁的柳阿一聽了不禁暗自竊笑，就說阿大果然也受不了殷家血統吧。

「總、總之，當晚導遊就請來一名當地的船夫來幫我划船，帶我前往森島……」

「妳是說，來森島的路上只有妳和當地船夫？導遊人呢？」

「導遊說是有事，他離開前就說船夫會把一切處理好……」

「這算什麼？妳的大腦只要被獵奇牽著鼻子走，就其他什麼也不會思考了嗎……」柳阿一嘆著氣。他現在對殷宇說請好好教育你老妹，應該已經來不及了吧。

「於是我跟著船夫到了森島……直到登島後，我才知道自己錯了。」

殷婷臉色一變，表情忽然一沉，旁人都聽得到她明顯倒抽一口氣的聲音。

「我一踏上森島的陸地，一個轉身，就突然被船夫用麻布袋狠狠朝我的頭頂一蓋，無論我怎麼掙扎都逃脫不了，哭喊求饒都沒有用，最後我只感覺有什麼東西重擊我的頭，我當場就昏了過去……」

陷入回憶的殷婷一邊闡述，一邊不自覺的流露出害怕的神情，可見當時留給她的記憶是有多麼恐怖，即便到了現在仍無法將之釋懷，光是想起那樣的畫面就使她開始顫抖。

聽到此處，柳阿一等人的臉色也跟著一沉。特別是作為兄長的殷宇，他的神情最為嚴肅，眉頭都緊緊的揪在一塊。

「船夫到底是為什麼要這麼做……」向來對女性特別保護的柳阿一聽了這番話，心中更升起惱火。

「之後呢？船夫又有做出傷害妳的事嗎？」殷宇表情凝重的追問，他當然也看出妹妹在回想時，會不由得連帶想起了恐懼，可是為了要解開所有的謎團，他勢必得強硬的問下去。

殷婷搖搖頭，用微弱的聲音道：「不……當我醒來時，本來被綁緊的麻布袋也鬆開了，我只覺得頭部很沉重、略帶痛楚，可是船夫不見了，更別提唯一能夠載我回去的船了，我從那一刻起就被孤零零的丟在島上……被徹底隔絕了一樣。」

殷婷的雙手蓋住了臉龐，花白且凌亂的瀏海散在手背之前，「我很害怕，我不知所措，我想活下去……然後我一直想著哥哥，想著這時候要是宇哥哥就在身旁那該有多好，更後悔要是我能多仔細想想，如今就不會遇上這種事……」

「小婷……」殷宇將手掌按在對方一邊的肩膀上，沒有多說什麼。事到如今，他也只能用這點行動傳達慰藉。

「一天、兩天、三天就這麼過去了……導遊沒有來找我，也沒其他人發現我……我就被困在這座什麼都沒有的小島上，一天比一天過著更接近死亡的生活……」殷婷越說，聲音越沙啞：「為了求生存，我不斷在島上尋找可以支撐我存活的食物……後來，我在這座洞窟中……找到了某樣事物。」

「某樣事物……該不會就是……」柳阿一眉頭一蹙，腦海裡立刻迸出了一個相當直覺性的答案。

殷婷深吸口氣後，把話吐出：「那是一個，我這輩子從沒看過那麼漂亮炫目的寶石。水滴狀的、猶如淚水一般晶瑩剔透美麗的透明寶石……它的美，讓我當場暫時忘了飢餓、忘了痛苦、忘了自己陷入的處境。當時我就在想……不，就算是到了現在我也還在思考……這世上為何有如此如夢似幻、美得不該存在於這個世界的物品呢？」

殷婷的目光頓時一亮，掃除了原先的黯然以及對種種遭遇的驚恐。然而，聽了殷婷敘述的柳阿一等人，心底都有了一個共同答案，殷婷所說的正是「魚之淚」，尼斯特村民口中神聖又危險的禁忌之石。

「小婷，妳所說的那個東西，現在在哪裡？」殷宇一指抵著眼鏡，正色的問。因為一旦確定殷婷見到的是「魚之淚」，那麼關於「魚之淚」會帶來不幸的詛咒，就很可能會落到她的身上。

「啊，你說那個美麗的寶石嗎……」

殷婷忽然漾開一抹淺淺的笑，不知是否因為她的膚色過於慘白，眼珠子又轉為灰白的緣故，她的笑容令人打從心底莫名感到一陣陰寒。

殷婷毫無血色、留有尖長指甲的手，輕輕的指了指她的肚子。

「就在這裡哦……宇哥哥。」

話音落下，殷婷臉上的微笑仍舊高掛。

「妳……妳把『魚之淚』吃了？」

柳阿一不敢置信的睜圓了眼睛。那好歹也是一顆石頭啊！殷婷妳真獵奇了！妳絕頂獵奇了！居然可以把一顆石頭吃下肚還露出這麼陰森可怕的滿足笑容！

「因為……當時我實在太餓了……」

「太餓就可以分不清食物和礦物的差別嗎！而且這跟妳覺得它很美有什麼關係！因為很美就可以吃嗎！拜託妳可不可以別這麼獵奇啊！」

這下子柳阿一大爆發了，他真心覺得自己無法再聽這女人說下去了，真相神馬的統統都是浮雲！一切都只是這女人被獵奇二字詛咒罷了！

「不，不是那樣的……我、我是因為當時看著這顆寶石……忽然間有了一種看到自己渴望想吃的食物……好像一直盯著那顆寶石……就能看見心中所想的願望……」

「透過『魚之淚』可以將心中的願望顯影化？」方世傑眉頭一挑。

「我也不知道為什麼，也許是我那時真的太餓了……就把眼前的寶石看作是滿漢全席……」殷婷越說越小聲，看來她大概也覺得羞於啟齒吧。

「……還滿漢全席咧，妳是真的餓壞了。」死魚般的眼神再度出現在柳阿一臉上，他忽然間不怪這女人的愚蠢行為了。

「然後呢？吃了『魚之淚』後……結果反倒讓妳活到現在？」

雖說這聽起來很不合乎常理，吃了一顆寶石怎能果腹存活呢？但歷經太多離奇案件的柳阿一，也早就習慣用不合乎現實的思考進行推測了。

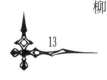

不出柳阿一意外，殷婷點了頭，「是、是的，說也奇怪，我真的因此暫且存活下來，但是身體開始變得一天比一天白，甚至是……」

「甚至是？」殷宇鏡片下的雙眸微微一瞇。

「甚至是……我的身上長出了鱗片……然後，我的雙腿一碰到水就會變成一條魚尾。」殷婷雙手環著自己的手臂，有意無意的似乎摸著長在皮膚上的魚鱗，她的目光則落在自己目前仍無異狀、依然正常的雙腿。

「等等！這種敘述聽起來不就是……妳、妳因為吃了『魚之淚』而變成一條人魚嗎！」柳阿一驚愕的大呼一聲，這實在太令人訝異了，他不由得將目光放到殷婷的雙腿上。定睛一看，殷婷的雙腿確實比上半身長有更多鱗片。

「難道……那一晚我所見到的那個身影……就是妳嗎？」

這個時候，殷宇像是突然想起了什麼——那夜被食人魚襲擊、在他意識模糊時見到了一個朦朧的身影，對方給予了他一種輕柔的觸感，而且身形隱約之間看起來似人又像一條大魚……殷宇心想，恐怕當時自己所遇見的那個人，就是此刻在眼前的妹妹殷婷。

「是的……正是我，哥哥……」殷婷像是有所猶豫，一會兒後才點頭承認。

她的這種反應讓殷宇納悶的問：「小婷，為什麼這件事妳不早點告訴我？而且妳看起來也不像是很願意承認？」

殷宇對於自己的妹妹再了解不過，即便到目前為止，還不知殷婷的狀態是否有恢復的可能，但不論她外形再怎麼怪異，殷婷仍是他所熟知的妹妹、是與他血脈相通的家人，他是不可能看不出妹妹那有心隱瞞的行為。

「哥哥，我……！」

殷婷欲言又止，當她或許正想鼓起勇氣向殷宇坦承一切時，後頭傳來了另一道聲音。

「哎呀呀，原來妳在這裡啊……我的純白寶物。」

眾人循聲回頭一看，殷宇手裡的火把也跟著往聲源處一照，跳入他們眼簾內的身影即是——

「勾魂冊之主！」柳阿一握緊雙拳大喊一聲。

除他以外，方世傑也對西法露出憤怒神色。殷宇則是注意到妹妹見著西法之際，頓時流露出的驚駭之色。

「呵，我們都已這麼熟了，還在叫這麼生疏的稱呼嗎？特別是你呢……柳先生。」

穿著一如既往禁欲感十足的黑色神父制服，一步步優雅從容走近柳阿一等人的西法，面帶微笑的他將目光對準了柳阿一。

「誰跟你這傢伙熟了！少往臉上貼金！」柳阿一聽了更是一肚子火，毫不客氣的駁回。

反觀西法只是輕輕一笑，這一笑更添他魔魅的氣息，道：「哦呀？是這樣嗎？難道你還沒想起來嗎……當初，我們是如何熟絡親暱的討論著交易之事呢。」

「唔！」彷彿被狠狠的一箭穿心，柳阿一有如魚骨梗在喉中說不出話，只能不甘的握緊雙拳、咬著下脣。

「交易之事……柳先生這是怎麼回事？」

「殷宇，這件事之後有空再跟你說明，現在可不是討論這個的時候……況且柳阿一他也還沒真正對此釐出個頭緒。」了解情況的方世傑阻止了殷宇的問話，這不僅僅是為柳阿一著想，更是因為眼前有個絕對危險的人物存在──勾魂冊之主西法！

「原來你的同伴還有人不知道呀……那倒也沒關係，你總會想起來的。就算閻王那孩子將你的記憶封存，你的骨子底、血液裡，也永遠都烙印了當時你找上我時的黑暗……且憤世的記憶。」

西法的眼簾闔上，嘴角挑著讓人渾身發寒的笑。

「就算如此……如今的我已不同往昔，我足以能夠面對過去犯下的錯！」

雖然仍不知道自己過去為何找上西法，但是柳阿一有信心，現在的他身旁有可以信任的夥伴，更曾深刻體悟與勾魂冊進行交易會有怎樣下場，假使哪天想起當時的種種，哪怕過程會有多麼不好受，他也能夠克服──柳阿一是如此深信。

「呵……呵呵呵……」西法咯咯的低笑，兩指點在微蹙起來的眉頭上，臉上是戲謔又充滿諷刺挖苦的淺笑，卻由於過分魔魅的俊美使得這份笑看起來不那麼惹人厭。「啊……我很期待哦，柳先生。我很期待看到，當下自信滿滿的你到時倘若做不到……那種悲憤又痛苦的表情呢。」

西法的笑聲慢慢落下後，透著血紅色曖曖鋒芒的眸子轉而看向殷婷。

「不過現在請容我沒時間和你們閒聊了，她在等我呢。」

「……你休想靠近小婷一步！」

一個箭步上前、以身擋在殷婷面前的正是殷宇，鏡片下的目光透著絕對不退讓的決意。

「呵，真是緊張啊，不過我可以如你所願哦，不會主動靠近她一步……因為，你可愛的妹妹待會就會自個兒送上門了。」

「你說什麼……！」

殷宇握緊了雙拳，但他的眼角餘光注意到，在他身後的殷婷雙脣正不斷發顫，微啟的脣似乎要說什麼。

「哎呀，殷婷小姐，從妳盯著我的眼神來看，妳應該沒忘了我吧？」

「是、是你……帶我來尼斯特村的導遊！」殷婷指著西法的臉，顫抖的聲音中帶著一絲驚訝。

不只是她，在旁的柳阿一等人也面露詫異。

「果然還記得我呢，真是我的榮幸。」

西法瞇起眼來，對著殷婷微微一笑，那笑容迷人又直率得讓人以為是種錯覺。

同時，柳阿一恍然明瞭，既然當初帶殷婷來尼斯特村的導遊就是西法，那麼一切都說得通了。無論是起初傳電子郵件給殷婷的人，還是僱用船夫將殷婷故意拋在森島上的人……全是西法，一切都由他一手策劃！

「導遊……難道說，傑尼斯日記裡提到的那個人也是你嗎？」方世傑想起了在村長家中看過的傑尼斯日記，文中曾提及一個長相俊美的導遊，想想這個時間點和能夠符合這個條件的人……除了眼前的西法，他想不出別的可能。

「傑尼斯？哦呀，這個名字好像在哪聽過呢……啊，我想起來了，當初我僱用的那名船夫有個兒子也叫傑尼斯呢。不過，他們父子倆接連都被食人魚群襲擊了……真不愧是血脈相連的父子，連下場都一模一樣。」

西法挑著嘴角冷笑著，儼然不把這對命運悲慘的父子當作一回事。

「你這個冷血的惡魔！」充滿正義感的柳阿一咬牙切齒的瞪著西法。

「惡魔？呵……姑且當作是你對我至高的稱讚吧。不多說了，殷婷小姐，我是特地來迎接妳的——迎接成為人魚之精的妳。」

「……警告你，別用奇怪的言語蠱惑小婷！」殷宇雖是語出威脅，可是他自知，現在沒有裝備的他對上勾魂冊之主根本毫無勝算。

「蠱惑？呵，我只是說實話啊……對了，殷婷小姐還沒向你們吐露實話吧？」

「……什麼實話？」殷宇慎重一問。

「你們還真以為你們能夠接受現在的殷婷小姐嗎？」

西法似乎沒有其他動作的打算，依舊只是站在原地和柳阿一等人對峙，游刃有餘的微笑從未從他臉上離開。

「你們真以為成了這模樣的殷婷……還可以和你們安然無事的生活在一塊嗎？殷婷小姐她呀，真是狡猾呢——」

「住口……住口……別再說下去了！」

殷婷兩手摀住自己的雙耳，表情激動且扭曲。在她身旁的柳阿一、方世傑甚至是以身護在前頭的殷宇，都對她此時的反應感到意外。

「這樣逃避不行哦，殷婷小姐……不過，妳不想聽我說也沒關係，妳那誠實的身體會告訴他們一切。」

西法臉上閃過充滿危險意味的一笑，隨後他伸出自己的一隻手，再用另一隻手轉瞬間變尖並增長的指甲劃過指頭。接著，鮮紅色的液體順著指頭弧度滴淌而下。

柳阿一等人對於西法這一舉動感到愕然與不解，但見西法將滲出血來的手指朝向殷婷。

「殷婷小姐……不用我多說了，對吧？」

西法對著殷婷綻放出一抹絕豔的笑，而此時聚集了所有人目光於一身的殷婷，面目開始有了懾人的改變。

「……小婷？」

殷宇怔怔的注視著妹妹，看著她的雙眼透出一道凶光，可以從張開的嘴裡隱約看到比起方才更加銳利的牙齒……猶如獸化的狀態。

「血……肉……嗚！」

呈現跪姿之態的殷婷一手著地，雙膝頂著地面慢慢往前移動，另一手則朝西法的方向拉直伸去，可是下一秒她又忽地一個扭頭，不肯看向西法，發出煎熬的嗚咽聲。

「我不能……我不要……嗚嗚！」

殷婷抗拒著，和體內某種快脫韁而出的本能拉距著，她明明不想在最重要的家人面前現出這種模樣，她明明不願在這種時候露出……渴求血與肉的欲望。

「小婷，妳冷靜點！」

殷宇轉過身去想要抓住對方的肩膀，想不到卻被殷婷一把將他的手打掉。

「別碰我！我……現在的我很危險！」

殷婷整個身體弓起來退縮到後頭，背脊撞上了石壁，她將頭埋入屈起的膝蓋之中，同時她那本來還像正常人類的雙腿，正在眾人面前漸漸改變……

她的兩腿融合成一體，銀白色的鱗片轉瞬間占據所有皮膚表層，最後顯現在大家眼中的樣貌是──

一條散發隱隱白光的魚鱗之尾。

「殷、殷婷成了……人魚？」眼睜睜看到這超乎常理、戲劇性轉變一幕的柳阿一，張大的嘴巴無法合攏。

這算什麼？好萊塢的特效嗎！

柳阿一連揉眼睛，甚至想叫旁邊的阿大打他一拳好讓自己醒醒，確定不是他在做夢。

「真不錯啊……這才是我所希望見到的妳……不過妳也真絕情呢，不久前才享用了我帶來的大餐，然後就轉身逃離躲了起來，好在讓我又找到了妳呀，殷婷小姐……噢不，『塞特迦拉』。」

西法放任鮮血從自己手指上的傷口滴出，望著蛻變成人魚的殷婷，滿意的笑著。

「不要說了……不要再說了！」

殷婷突然大吼一聲，原先埋在膝蓋之間的頭猛然抬了起來，這才讓人見著她此時猙獰恐怖的面目──她雙眼冒著紅光，張開的嘴露出了銳利獠牙，眼周盡是紫色且浮出的青筋。

在旁的柳阿一和方世傑見狀不禁往後一退，唯有殷宇仍佇在原地，怔忡的看著幾乎快不具人形的殷婷。

「嘶……呀……啊……」

化作人魚後，殷婷發出猶如獸類的聲音，慘白色的身軀也不知何時密布了一片片魚鱗，張牙、亮出爪子，如此模樣看在柳阿一眼中已絕非善類。

不妙，非常不妙。

柳阿一看著殷婷那失去理智和人性的狀態，第一個念頭就是要拉開離殷婷最近的殷宇。他試著伸手去抓住殷宇，卻見殷宇閃過他的手，鏡片下的目光仍直直的盯著殷婷。

「殷婷……妳已經，聽不見我的聲音了嗎？」

與其說殷宇面無表情，此刻更像是已不知該用何種神情面對現況。

「沒用的哦，『塞特迦拉』在人魚化時是完全的野獸，只有追求血與肉的食欲本能支配著她，即使是你這位兄長的呼喚……也無法傳進她的心裡了哦。」西法欣然的搖了搖頭。

「來吧，『塞特迦拉』，我的身邊才是妳該停留之處……只有我能夠滿足妳所有的渴求。」

西法再次將淌著血的手指對向殷婷，朝她誘惑的勾了勾手。而在對面的殷婷開始擺動魚尾、雙手撐在地上，似乎想挪動身體移向西法所在。

「……小婷，妳給我聽著！」

就在這時，殷宇出聲叫住了對方，被他所稱呼的對象似乎因為聽到吼聲而停住動作，看在柳阿一和方世傑眼中，殷婷應該不是聽懂話語而停下移動。

西法則頗有興趣的看著殷宇，嘴角上勾。

「我說過，無論妳變成什麼樣子……我都不會棄離妳。」垂著頭的殷宇讓旁人看不出他此時的表情，「所以，我絕對，不會讓妳就這麼離去！」

話音落下，殷宇當場做出了讓柳阿一和方世傑錯愕的舉動——他隨手撿起一顆較為鋒利的石塊就往自己手腕內側一劃，鮮血頓時直流而出！

「殷宇你這是在幹什麼！」

柳阿一與方世傑見狀要衝上前，但見殷宇對著殷婷高喊：「小婷過來！過來我這邊！就算是要飲血也好！食肉也罷！我也能夠……！」

殷宇高聲疾呼的剎那，殷婷果真被他流量更多的鮮血吸引，露出凶險紅光的眸子轉而瞪向殷宇這邊；但殷宇的話來不及說完，他的後腦勺忽地遭受一陣重擊，使他踉蹌的往前倒去，就在身體往前傾倒之際，一隻手攬住了他，緊接著在殷宇耳邊響起了怒吼。

「你才給我聽好了，想死也不是這麼自暴自棄的方式！」

方世傑將攬在懷裡的殷宇往旁一推，將殷宇送到對邊的柳阿一所在。柳阿一則一把接住殷宇，並扣住殷宇的肩膀好讓他不再為所欲為。

「平常冷靜理智的你去哪了！我知道你見著自己的妹妹變成這樣很受打擊、很不能接受，可是你讓她真的將你啃得骨頭都不剩，會是最好的結果嗎！」

方世傑斥責完殷宇後，回過頭對著像在旁邊觀戲的西法道：「想帶她走就隨你！但是，我們會很快將她討回來！你給我滾，滾！」

「呵……那麼我就恭敬不如從命了，倒要感謝你們給我看了一場好戲。我相信，我們很快又會再見面……即使沒有勾魂冊，命運之神還是讓我們又無意間重逢了呢。」

西法語畢，瞬間移動到化為人魚的殷婷身旁，一手抓住了殷婷的頸項；而眼底只有鮮血的殷婷拚命的伸出舌頭、想要喝到西法指端滲出的血珠，那副貪婪模樣柳阿一不忍看，他默默用手遮住至今仍垂頭喪氣的殷宇的雙眼，不讓殷宇見著。

「諸位，我等著你們。『塞特迦拉』，我們走。」

西法猶如舞臺上謝幕的演員，有禮的向柳阿一等人鞠躬致意後，周身轉瞬間迸出一道紅光，光芒刺眼得讓柳阿一他們睜不開眼。當他們能夠撐開眼皮時，已不見西法和化為人魚的殷婷。

光線幽暗的洞窟裡，再次回歸到原有的死寂。

△▽　△▽　△▽　△▽　△▽

「唉……」

柳阿一長嘆一聲，他讓目前仍眼神煥散、呆滯如木頭的殷宇倚著石壁坐下，著手用身邊現有的材料為殷宇包紮止血。

另一旁的方世傑則撿起掉在地上、尚在燃燒著的火把，照向柳阿一的方向，好讓他能夠視野清楚的進行動作。

「殷宇他……看起來情況不樂觀啊。」

柳阿一所指的不是外在傷勢。他看著殷宇仍舊沒有變化的木然神情，不禁閉上雙眼。目擊自己的妹妹成了嗜血的怪物，至今為止所有的行動和付出卻換得如此局面，柳阿一很是擔心，這樣的殷宇會不會無法走出陰影。

「與其擔心這個……不如先考慮一下我們要如何離開這裡吧。」

方世傑不是不憂心殷宇，他只是認為在處理殷宇的事之前，如何安然離開這座充滿不祥氣氛的無人島才是最為重要。

況且，他對於殷宇方才的舉動仍未消氣。真是太傻了，那一幕看得他是一肚子火，而且對方偏偏還是平常最為理智冷靜的殷宇，做出這種意氣用事的行為更是惹得他火大。

「有什麼辦法？這裡連蘆葦都沒有，想趁餓死前編織出一艘草船都不可能……」柳阿一又嘆口氣，他懷疑這次真要下地獄，第三度見閻王了。

「你這傢伙，現在放棄還太早了。」方世傑拿著火把，邁開步伐往洞窟入口的方向前進，邊走邊說：「我們經歷了那麼多次的生死難關，不是都一一跨越克服了嗎？再說，你還是兩度起死回生的傢伙，都能兩次死而復活了，眼前這點問題算什麼？」

被方世傑說得啞口無言，柳阿一不禁苦笑出來了。

是呀，這麼說來也沒有錯，他可是被閻王兩次丟回人間的角色，目前的狀況又有什麼好擔心的？大不了再起死回生第三次嘛！

「啊，阿大說得對，沒有什麼好害怕的，因為死神兩度把我勾魂過去卻讓我重回人世……走吧，至少現在先離開這個該死的洞窟，這裡的空氣實在太悶太不好受了。」

柳阿一邊說，邊扛起目前為止還猶如失了魂的殷宇，他轉過頭去在殷宇耳邊道：「走囉，你可要快點給本大爺打起精神才行。」

雖然殷宇仍舊沒有反應，不過柳阿一認為自己的話有確實的傳達出去就夠了。

由持有火把的方世傑走在最前頭照明探路，柳阿一扶持著殷宇跟在後頭。一路上看著殷宇那張倍受打擊而失了魄的側臉，以及想起當時殷婷的異化，柳阿一越想越不能原諒這一切的主使者。

他不明白，勾魂冊之主西法這一路以來究竟有何打算？從利用勾魂冊開始收集交易對象的靈魂，到今天出現在尼斯特村、策劃一整起騷動並讓殷婷成為犧牲品的目的為何？

他想不通，殷婷應當沒有和西法進行勾魂冊的交易，不過是單純被西法所騙而來到尼斯特村……他真不知道為何事情會發展成如此。

但唯一能確定的是，所有的問題都始於西法。

倘若能打倒西法，不僅能將殷婷從西法身邊帶回，也許更能夠從西法口中得知全面的真相吧！

思及此，柳阿一握緊了拳頭，他發誓，只要讓他離開這座森島，回去之後他一定要拚盡全力找出能夠打倒西法的驅魔人卓格。

他已經受夠了……受夠了無論是自己還是周圍的人都被西法所傷害！

柳阿一內心的情緒在激盪翻騰，但臉龐卻已感受到一陣稍顯清涼的風，不知不覺，他們已跟著方世傑來到洞窟外頭。

「喂，阿大，你說我們的下一步是什麼？」柳阿一問向站在自己前方的方世傑。

「那還用得著問嗎？」

「哈啊？」

這胸有成竹的口氣是怎麼回事？柳阿一納悶的看著方世傑的背影。

「我們的下一步，不是很顯然易見了嗎？」

方世傑身體一側，一手插在口袋裡，嘴角微揚的看向柳阿一。

柳阿一睜大了雙眼，此時映入眼簾的畫面是——

尼特羅村長駛著一艘木舟來到森島之前，正向島上的他們揮著手。

VIII

希望的曙光

對柳阿一來說，尼斯特村之旅至此告一段落。

他現在已將行李打包好，和自家兩位編輯坐上車，即將出發前往機場，準備離開這個帶給他太多不好回憶的異國。

真是差點就要死在異鄉了……柳阿一至今都還心有餘悸。

要不是尼特羅村長當初有特別吩咐村民注意他們的行蹤，在收到通報後，尼特羅村長就發動一艘船前來森島探查，不然柳阿一可以確定屆時島上將再出現三具枯骨。

在方世傑忙著用英文不知和村民討論些什麼時，柳阿一的目光轉而移往殷宇所在。

此時的殷宇正面向車窗，窗外的陽光經過樹葉篩選，斑斑落在他憂鬱的側臉上。從森島回來的那一天開始，殷宇就一直維持如此沉默的狀態，好似把自己鎖在一個灰色籠子中，用冷若冰山的表情隔絕他人關懷。

柳阿一每每見此都不禁想嘆口氣。

之前那個帥氣、行事俐落又傑出的菁英殷宇去哪裡了呢？

他明白殷婷的事讓殷宇打擊很大，可是像這樣隻字不提著實更讓人擔心……不知道殷宇在想什麼，就怕他會做出傻事。

對此柳阿一也與方世傑談過。比起擔憂著殷宇的柳阿一，方世傑倒是看得很開。

「別小看那傢伙了，我們所能做的事就是陪在他身旁，看著他走出來。」

想起當時方世傑所說的話，柳阿一就能夠提振信念。只是他沒阿大那麼豁達，要說他優柔點也沒關係，反正他免不了繼續擔心下去。

飛機飛過湛藍的天空，在經過重重雲霧後，終於抵達世界的另一端，柳阿一等人回到了熟悉的家鄉。

「好──累哦。」

柳阿一一進門就二話不說直直撲倒在長型沙發上。

「柳阿一你給我放尊重點，這裡是我家，我的沙發別給我亂躺！」

方世傑從後方走來，一拳朝柳阿一後腦勺揮下。

「痛……阿大真小氣，我們這樣這樣、那樣那樣的事都經歷過，怎麼還分你、我呢？」

「柳阿一，你沒在森島上死成覺得很可惜是不是？我現在就可以成全你。」方世傑說著，開始摩拳擦掌了。

「不了！阿大的好意我就心領了！」柳阿一趕緊從沙發上坐起身來，只差沒對自家鬼差編輯擺出土下座姿勢。

「話說回來，為什麼我一回來就得直奔你家啊？討厭啦，阿大的企圖這麼明顯我會害羞……」

「你家是人待的地方嗎？要我委身在你家討論事情嗎？」方世傑乾脆無視柳阿一後半段戲謔的話，沒好氣的瞪了對方一眼。

「說得也對，阿大你有超強潔癖嘛。話說回來，我們也的確該好好討論一下……不管是殷宇的事，或者對付勾魂冊之主的事。」柳阿一也終於板起正經的臉色，聲音壓低。

回國後，一離開機場，他和方世傑就先送殷宇回到自家，他們都認為殷宇這個時候需要好好在家中休息，之後柳阿一便被方世傑抓來此處。

「殷宇一個人在家裡待著應該不會出事吧……」柳阿一喃喃自語，眼簾低垂。

「你當他是五歲小孩嗎？哦不，你當他是你嗎？附近沒有便利商店就無法存活的傢伙？」方世傑冷冷的瞥了柳阿一一眼。

「嗚哇，阿大你好過分，我被你講得連五歲小孩都不如嗎？我、我好歹會煎荷包蛋啊！別小看我了！」

「會煎荷包蛋很了不起嗎？你還敢這麼大聲說啊？」

「真是吵死人了，你們不要一回來就在本公爵面前吵吵鬧鬧好嗎！」

方世傑的話一說完，柳阿一正打算回嘴之際，另一道讓兩人都感到熟悉的聲音突然冒了出來。

「啊，小尚？」

「是尚・溫徹斯特公爵！」

一見到柳阿一，公爵大人就像貓一樣炸毛了。

「奇怪，小尚怎會在阿大的家？不該是在我家嗎……」柳阿一完全無視於某公爵的鄭重更正，食指點在嘴唇上、抬眼思索。

「還敢說你家，你那個家是人能住的地方嗎？不，連鬼都不想住了，是溫徹斯特要我在出國前將他帶離你家，我當時趕著出國，就先讓他待在我這裡了。」方世傑用嫌惡的眼神又瞪了柳阿一一眼。

「切，小尚還真挑剔……還是說……小尚，這樣是不行的，你是不是看上阿大，存心要來破壞我們，於是你就想近水樓臺先得月，先住進他家再說……嗚哇！」

柳阿一的話未完，就同時見到公爵大人將菜刀騰空瞄準他、阿大握起拳頭要揮下的驚險畫面。

「……對不起！兩位大人請當小的什麼都沒說！」

柳阿一立刻對這一人一鬼恭敬的擺出土下座姿勢。

「話說回來，你們這趟旅程怎麼樣？找到眼鏡男的妹妹沒？」尚・溫徹斯特讓菜刀回到廚房架上後，一手插在口袋裡，提問。

柳阿一和方世傑互看一眼，最後由柳阿一語重心長的道：「這說來話長了……」

他向尚・溫徹斯特解釋一番後，聆聽的那方點了點頭，大致上掌握了整件事的來龍去脈，又問：「不知該說是西法太陰魂不散，還是你們註定和他牽扯不清……那麼，接下來你們打算怎麼辦？因為妹妹的事，眼鏡男的狀況聽起來很不好啊。」

「我想，只要沒有親眼確認殷婷死亡，讓她恢復成原本的模樣一定多少還有希望……但是，殷婷被勾魂冊之主帶走了，現在我們又不知道怎麼找到他……」

柳阿一深吸口氣後，繼續說：「所以，就我目前的想法是——先找出能夠打倒西法的那位最強驅魔人吧！說不定他會有辦法追蹤到西法，電影不都是這樣演的嗎！」

「你還真是寫小說的啊……這種事還能如此推測嗎……算了，反正除此之外好像也沒別的法子。」聽完柳阿一的打算後，方世傑冷冷的吐槽。

「最強驅魔人……如果你跟本公爵想的是同一人的話……你說的那傢伙，是不是叫做卓格・斐迪辛？」尚・溫徹斯特正色的一手托著下巴，目光嚴肅的盯著柳阿一。

「欸！小尚你怎麼會知道？你好厲害哦！難道你會讀心術？」柳阿一都驚訝的想要拍手鼓掌了。

「你這是什麼態度？把本公爵當小孩子看嗎！還有，這才不是讀心術，因為本公爵所能想到的最強驅魔人，也只有那傢伙了！」尚・溫徹斯特厭惡的瞪了柳阿一一眼。

「所以說那個叫卓格的……是連鬼界都公認的最強驅魔人了？可、可是，小尚你又是怎麼知道他的？難道你被他騙過？」

「誰被他騙過了啦！你這小子講話能不能經過大腦啊！本公爵是在生前跟卓格有所接觸的！」

「咦！你還跟他接觸過？該不會是你去找他驅魔吧？」

柳阿一驚訝的睜大眼睛、雙拳緊握，一副認真想追出答案的模樣。

「你的反應能不能別像小學生一樣啊……本公爵的確曾找過他幫忙一些事，但最主要也是因為西法那傢伙，我才會跟卓格聯繫上……」

尚．溫徹斯特別過頭去，聲音說到後來變得低沉，表情也轉為黯然，看在柳阿一眼底，那很顯然就是另有隱情的態度。

絕對是跟小尚當初的死有很大的關係吧？柳阿一如此猜測，因為他曾聽小尚說過自己死得那麼慘烈也是和西法有關。

「那麼，溫徹斯特先生你知道那名驅魔人所在？」

這時發問的人是方世傑，他想起柳阿一曾提過的事，關於那位卓格的現況，應當是要找出埋葬他的地方並使其復活，進而去對付勾魂冊之主。也就是說，現在最重要的關鍵，在於得掌握到卓格目前所在之處。

「不，嚴格說來，本公爵並不知道卓格最後封印的地方在哪……」

「等等，小尚你連卓格是被封印起來的事都知曉？」柳阿一愣了一下。說這傢伙沒讀心術是騙人的吧？

尚・溫徹斯特點了點頭，「那是當然的，因為當初就是本公爵命令下屬去幫助卓格進行自我封印，並且守護封印地點的秘密。」

「雖然不知道你為了什麼如此耗費周章……但是，這麼說來只要找出你那位下屬，就能知道卓格目前所在了？」柳阿一眼睛一亮。

「嗯，照理來說應當如此，倘若那傢伙記性沒有隨著漫長歲月一起流逝的話。」尚・溫徹斯特以手托腮，思考了一下才回答。

「……柳阿一，你給我過來一下。」

就在這時，旁邊的方世傑拉了拉柳阿一的後頸領子。

「幹嘛？」將身體移過去後，柳阿一納悶的問。

「你難道沒意識到嗎？」

「意識到什麼？」柳阿一還是很困惑的眨了眨眼。

「你是笨蛋嗎？難道沒意識到，溫徹斯特公爵曾說過自己差不多是上個世紀的人了吧？換句話說，不管是作為公爵的屬下還是什麼都好，只要和他生活在同一年代，至今卻還存活在這世上的人——絕對非人類了吧！」

方世傑一邊說著，一邊真想再拿起拳頭朝柳阿一的腦袋砸去，要是這樣能打醒柳阿一就好了。

「原來是非人類啊……欸欸欸！」

「你是反應遲鈍啊！」

看到柳阿一過了大概快三十秒才表現出驚訝──這種表現法竟出現在一名快三十歲的成年男子身上，柳阿一不覺得可恥他方世傑看了都想打人了啊！

△▽　△▽　△▽　△▽　△▽

藏身在世界最幽暗的一隅，陽光無法直射之地……在這座如幻影一般矗立於墳墓之中的教堂裡，住著一名容貌魔魅俊美的神父，以及一位負責協助他的美麗修女。

「主人，恭喜您這次的旅程有所收穫。」修女卑以亞用止水般毫無情感的神情，向站在基督受刑十字架前的西法道。

「那是必然的，不是嗎？」

背對卑以亞的西法微微側過頭去，對著他的修女嘴角上挑。

「我可是經過一番調查才找到她的……殷婷，就是我尋覓已久的人魚轉生啊。」

西法又回頭面向擺在正前方的十字架，凝視著那神色憂傷的神子面容。

「『塞特迦拉』一直夢想能夠轉世成人，於是這輩子如了她的願，但是啊，她不明白自己作為人魚時更有價值呢……」

西法抬起腳步，慢慢走向釘在十字架上的聖子像。

「『塞特迦拉』需要回到她的出身地，才能喚醒人魚的型態……而尼斯特湖就是她當時的出生地。」

西法伸出他的右手，輕輕的貼上了雕像的臉頰，像是在安撫那張隱忍著痛苦與憂傷的神情，可他的掌心實際上卻比石雕還冷、還冰，更加沒有溫度。

「吶，你所愛的這個世界……就快落入我的手中囉……」

西法將鼻梁湊近雕像，聲音低醇又溫柔得宛若情人絮語——唯有他自己能夠聽出藏在裡頭的一絲森然。

「所以你該怎麼辦呢？你不是個會坐以待斃的人對吧……無論是什麼反擊，我都很期待……」

撫摸雕像側臉的手，此時游移到雕像象牙白的頸子。

「最好，將奉你之命的那個人也找回來……狠狠的，像以前一樣對付我吧。」

西法的話音落下，連同另一手都來到雕像的頸項，兩手作勢朝雕像的頸子一掐。

聽著咯咯的笑聲低沉斷續的從教堂裡傳出，身穿修女制服的卑以亞提著燈，走到黑暗的地下室，推開一扇沉重的門扉後，在燈光的照亮下映出一幅景象。

正前方的牆壁上，一格格的架子中，擺著一個個銀灰色的鐵籠，裡頭所囚禁的蝴蝶因為突然見著了光而胡亂飛動、卻處處碰壁，更顯可悲。

卑以亞一一確認了這些蝴蝶的狀況後，她再轉身走向另一個房間。

有著與前一間房截然不同的水藍色門扉。

門一開，就有「啵囉啵囉」的聲音流洩出來，再走進門後，一道幽幽的、擺盪的藍光就映在卑以亞身上。

卑以亞走近那擺在眼前的偌大水族箱，藍光與氣泡聲發源之處，微微的彎下腰來對著裡頭的一道身影說：「妳今天……也乖乖的嗎？」

水族箱之中的身影張闔著嘴巴，像是想回應卻沒讓人聽見任何聲音。之後，卑以亞將手中所提的燈放到旁邊桌上，走往鄰近的冰箱，從中取出了一個鐵桶。

「嘿咻。」

卑以亞看似纖弱的身子，卻能一手將裝滿內容物的鐵桶提到水族箱上頭。

「吃吧，請務必吃飽……因為妳是主人不可或缺的道具，『塞特迦拉』。」

皐以亞將手放入鐵桶內，握起了某種柔軟而充滿腥味且略帶濕潤油膩的東西，然後把手中的所有東西都丟入水族箱之內。

頓時，只見鮮紅色的液體在水中蔓延，而一名純白的身影正飢餓的啃咬著拋入之物。

△▽　△▽　△▽　△▽　△▽

今日陽光普照，真是一個怡人的天氣，播報氣象的美麗大姐姐也說，今天是適合和情人出遊的好日子。

不錯不錯，他柳阿一沒有浪費這難得的機會，的確準備出遊去呢……

「你這傢伙，一上飛機就又開始用有色的眼神看著空姐了啊？」

——只不過為什麼此刻在他身旁的是個臭男人，還是素有「鬼差編輯」之稱的阿大呢？

「唉……沒辦法，最近長時間都和你們這些雄性生物混在一起，我需要多看漂亮的空姐們滋補我脆弱的眼睛……」

柳阿一一手托著臉，目光無神的看向窗外天空，眼神之內盡是滿滿的無奈與頹廢，拉長的口氣聽起來有氣無力。

「你是中年以後的老頭子嗎？別說廢話了，還不快趁航行的期間給我補寫稿！」

方世傑斬釘截鐵的拍了柳阿一面前攤開的桌子，手掌之下壓著一張稿紙。

「沒辦法啦，都幾零年代了還要我用手稿寫作……」

「你是被電腦寵壞的小學生嗎？手寫稿才是作家的真理，別給我找藉口不趕稿了！」

要不是座位旁還有別人在，方世傑真想直接用指關節用力的擰轉柳阿一的太陽穴。

「不、不要這樣強迫人家啦，阿大好過分，居然用這麼強硬的手段打算讓我半推半就……」柳阿一擺出梨花帶淚的少女模樣，還搭配哭腔演出。

「柳、阿、一……你想被我從十萬公里的高空丟下去就繼續說。」摩拳擦掌、一臉陰沉看起來差不多要爆發的方世傑如是說。

「啊啊，這、這位客人請不要引發空難事件，您這麼做會讓人很困擾的……」臉色瞬間刷白的柳阿一，笑臉扭曲的回應。

「咳咳。」

就在這時，兩人聽到了一道低沉的咳嗽聲。

於是乎，柳阿一和方世傑難得有默契的同時看向某個地方——方世傑擺在座位下方的行李之一。

「你們到底知不知道這次出來的目的是什麼啊……」

一道令兩人再熟悉不過的嗓音自雙方的腦海裡浮出，看來先前的咳嗽聲也是這個聲音主人製造出來的。

「喂……阿大……你剛才有聽到嗎……」柳阿一愣愣的回過頭去看向自家編輯。

「……我很惱火。」

假使方世傑有戴眼鏡，大概會沉著臉用兩指抵著眼鏡說話吧——他正散發出一股讓柳阿一忍不住起雞皮疙瘩的低氣壓。

「為、為什麼很惱火啊？」

什麼跟什麼呀？他腦海裡聽到一樣的聲音跟這有關嗎？柳阿一非常的不解。

「因為讓我和你的大腦同時聽到一樣的聲音，不就表示我的腦內頻率跟你這種笨蛋一樣嗎？」

「哈啊？」

原來是為了這種扭曲的想法在惱怒喔？而且還這麼嫌棄他是怎麼回事？他柳阿一才是真正該發火的那一個吧！

「我、說、你、們——到底要無視本公爵到什麼時候！你們聽不聽得懂人話啊！」

「啊，抱歉，我們聽得懂人話但聽不懂鬼話……」

「柳阿一，這筆帳本公爵記著……但別想扯開話題！你們知不知道這趟旅程的意義啊？」

透過腦中傳話，本體現在被封印在小飛象玩偶中、成為方世傑眾多行李之一的尚．溫徹斯特公爵氣得牙癢癢的吼著。

若非為了殷宇那小子，他溫徹斯特才不想坐上飛機跟著這兩個笨蛋來！

「當然知道啊，我們此刻就是要前往小尚生前的度假別墅嘛。」柳阿一同樣用心靈溝通的方式回應。

在公爵大人的法力加持下，無論是柳阿一或方世傑，彼此都可以不用開口，即能聽到對方的內心話。

「講得像是本公爵要招待你們去度假一樣……你們真的了解此趟前往的目的嗎……」

公爵的口吻聽起來頗為無奈啊……

不過，這世上大概也沒幾個人在面對柳阿一時不感到無奈吧？

「別把我跟那個笨蛋混為一談，我可是很清楚，此次前往是為了見上溫徹斯特先生的屬下一面。」

方世傑冷哼一聲，他對公爵稱「你們」的用法很有意見。

「還是你比較有頭腦啊，柳阿一那傢伙真的可以從飛機上扔下去了。」尚．溫徹斯特公爵咋舌道。

「需要幫忙的話我可以助一臂之力。」方世傑正色回答。

「喂，你們到底把我視為什麼啊？隨手可丟的不可回收垃圾嗎！」

「看來你還有這點自覺，不錯嘛……」

「阿大！我要跟你絕交！絕交啦！」

於是乎，兩人一鬼無視旁邊乘客們異樣的目光，就在如此和樂融融（？）的狀態下抵達了異國之地。

和當初剛踏上尼斯特村的天氣不同，眼前這座百年以前曾被命名為「溫徹斯特」的城市，今日裡飄著毛毛細雨，讓下了飛機的柳阿一和方世傑有了另一種心境。

特別是柳阿一。

「啊……為什麼會碰上下雨天啊……度假的氣氛都沒了啦。」

是的，沒有錯，柳阿一正為了沒有預期出個大太陽、異國度假幻想消失，而像洩了氣的皮球。

「你到底有沒有來辦正事的認知啊……算了，本公爵已經不想再浪費口舌在你這種人身上。」面對著「始終如一」的柳阿一，公爵大人頓悟了。

「溫徹斯特公爵，這裡以前曾是你的封地吧？看旅遊書上面說，這裡百年以前曾叫『溫徹斯特』呢。」相較於頹喪的柳阿一，方世傑一手拿著旅遊書，一邊說著。

「是呀，以前這裡確實是本公爵的領地……等等，你拿著旅遊書是什麼意思？也把這趟目的當成觀光度假嗎！」

現在是怎樣？不只是柳阿一，連方世傑也加入度假觀光團的行列嗎？為何作為一個公爵會如此命苦，跟到這群人啊！

「哼，我只是趁著等計程車的空檔看了一下旅遊導覽……話說，溫徹斯特先生，你以前的度假別墅現在似乎成了私人別墅，你確定能在那種地方找到以前的屬下嗎？」方世傑眉頭一挑，語帶質疑。

「會的，本公爵要他好好待在哪他就會乖乖待在哪，倘若他敢讓本公爵找不到就死定了。」現在正用可愛藍色小飛象身體說話的公爵大人，斬釘截鐵的答。

「小學生的發言用大叔的聲音說出……我渾身一陣惡寒啊。」在旁的柳阿一抱緊雙臂，眼神已死。

「廢話少說，計程車來了。」

方世傑一邊說，一邊率先向迎面駛來的計程車招手。

上了車，由英文頂呱呱的方世傑負責和司機交談、指定目的地。旁邊的柳阿一基本上只能聽懂四、五成對話，他看著方世傑那認真的側臉，讓即便同為男人的他也覺得方世傑真可靠啊！除了脾氣暴躁了點、潔癖了一些，催稿手段凶殘許多……方世傑其實真是個不錯的傢伙，而且還有一手好廚藝。倘若方世傑是女人，真適合娶回家當老婆。

「糟糕，我到底在想些什麼啊……沒問題吧柳阿一？」柳阿一搖搖頭，喃喃自語。

啊啊，他一定是太累了，累到連價值觀都改變了，等把勾魂冊之主的事都處理好後，他乾脆就找個好女人回老家結婚去吧……雖然這種打算很像是為自己豎起了死亡FLAG。

但誰管他啊！

不然他真的擔心自己以後會變成不愛女色，搞不好還會從此走上彎路的男人呀！

「柳阿一，你在那邊抱著頭、表情迅速切換是在搞什麼？你無聊到這種欠扁程度嗎？」當車子開動後，方世傑回頭後，不經意看到柳阿一方才的神情，面無表情的冷冷問道。

「……我是在思考人生的重要課題。」柳阿一認真且嚴肅的回答。

不久，這輛車便抵達了目的地，拎著行李下車的柳阿一看到前頭的方世傑撐起了傘，心裡是一陣複雜的糾結，他深深吸一口氣、吐出，假裝什麼也沒看見，上前一步與方世傑共撐一把傘，然後環視四周。

「好一座充滿中古世紀風的城堡啊……」

帶有讚嘆意味的評語從柳阿一嘴裡說出。

在他們前方，是一大片茵綠的草坪，雖然聽說建造的年代久遠，不過花草樹木甚至是城堡本身看上去都有經過修剪或整建，要不是現在是陰雨綿綿的天氣，大太陽底下的城堡和草皮會更加亮眼吧。

「怎樣，本公爵的度假別墅不錯吧？瞧瞧你們這兩位平民都看傻眼了。」

行李之內傳來小飛象……是某公爵得意洋洋、沾沾自喜的聲音。

「是是是，我們就是平民，不像您是高高在上的公爵啦……不過高高在上的公爵現在可是被關在小飛象裡頭哦。」

柳阿一不甘示弱的酸溜溜回嘴。因為沒有了旁人的關係，這次是直接用耳朵聽到公爵的聲音。

不過說真的，不愧是中古世紀公爵的度假城堡，外形由大氣的大理石堆砌而成，氣派且沉穩的座落在綠地之中，如果能站上城堡的最高處往下俯瞰，絕對視野極佳吧。

「話說回來，我們就這樣登門拜訪嗎？」方世傑問向小飛象裡頭的城堡原主人。

「什麼登門拜訪？直接進去就可以了啦！本公爵的地盤還要得到別人允許嗎？」尚・溫徹斯特自信滿滿的回答。

不過，這句話聽在柳阿一和方世傑耳裡，似乎總覺得不太對啊！

但是在這裡躑躅猶豫也不是辦法，他們千里迢迢搭飛機過來就是為了進到這座城堡中、找到當初協助卓格封印的那名屬下，因此兩人思索了一會後，還是達成了難得的共識。

「總之，先前進再說吧，既然小尚都拍胸脯保證了。」柳阿一在雨中邁開了步伐。

「嗯，等等要是有人報警就交給你去坐警車了。」方世傑拍了拍柳阿一的肩，同樣向前跨出了一步。

「你這傢伙是把我當替罪羔羊啊……」柳阿一無奈的皺著眉頭，嘆口氣。他絕對要撤回前言啦，認為阿大是好男人什麼的絕對是個大錯誤！

門鈴響起，由方世傑按下的門鈴聲迴繞了一會後，卻仍沒聽到門後傳來任何動靜。

「果然如此……」

「什麼果然如此？」柳阿一納悶的看向拄著下巴低頭思索的方世傑。

「旅遊書上面說，這座城堡由私人企業收購後，似乎就成了該企業總裁的度假別墅，平常一到五是不開放觀光的，只有六、日才會有人在。」

「所以你想說我們來錯時間了？」柳阿一眨了眨眼睛。

「可以這麼說。」方世傑點了點頭。

「喂喂，你們這兩個平民到底有沒有把本公爵的話聽進去啊？沒人幫你們開門就不會自己進去嗎？」待在方世傑行李之中的小飛象公爵激動的冒出了聲音。

「唉呀，真要我們犯罪呢。」

「也只好這麼做了，反正到時候真有事，就交給你去跟警察說明。當然，要被押走的話也是你。」

不給柳阿一反駁的餘地，方世傑立刻從口袋裡拿出某樣東西，柳阿一似曾相識的玩意。

「等等，那個不就是……」

「哼，沒錯，這就是殷宇的那把萬能鑰匙，好在我之前跟他要了一支，現在能夠派上用場了。」

方世傑說完，就將鑰匙插入城堡大門的鑰匙孔中，果真沒愧對萬能鑰匙的名稱，一下子就喀擦應聲開啟大門。

「走吧，別再給我拖拖拉拉了。」

推門而入的方世傑已一腳踏進城堡內，回過頭來用不屑的眼神看向柳阿一。

「難道連讓我猶豫一下要不要犯罪都不行嗎……」

柳阿一嘆口氣，他家鬼差編輯就是這麼霸道不通情理啊，先前會認為對方是好男人絕對是一時瞎了狗眼。

進到城堡裡之後，不知是否今日為陰天的關係，即使是白天，城堡之內仍顯昏暗，兩人一入門就聞到一種淡淡的柏木香味，稍微能夠舒緩犯罪中的柳阿一內心的緊張。

雖說這裡是座年代久遠的古堡，但現在應該有電氣化的設備吧？有了這種想法的柳阿一便想找一找電燈開關。

柳阿一想轉身之際，背後突然被用力的一頂——有什麼冷冰的東西抵住他的背。

「不准動。背對著我將你的來歷說出來。」

出乎意外的聽到了中文，自柳阿一後方傳來的嗓音低沉而冷靜，更有一股冷冷的壓迫感。

「呃，來歷就是……」

「尤特，把槍放下，用不著浪費子彈在那種傢伙身上。」

柳阿一話還沒說出口，就先聽見了另一道聲音傳出，是來自尚・溫徹斯特公爵的嗓音。

「這個聲音難道是……領主大人？」

拿槍抵在柳阿一背上的男人聲音一振，槍口頓時從柳阿一身上移開，讓柳阿一能夠立刻轉頭過去一看。

「不然你以為是誰？就說過本公爵一定會再來找你的吧。」

現正說話的人……不，現正發出聲音的對象，是此刻被方世傑拿在手中的水藍色小飛象玩偶，原先持槍對著柳阿一的男人則愣愣的看著它。

「溫徹斯特領主大人……您怎會變成了一隻……！」

「什麼一隻！別給本公爵亂用單位詞！本公爵只是暫時被封印在這該死玩意的體內罷了！喂，平民！還不快將本公爵放出來！」

公爵大人好像被戳到痛處一樣激動的反駁，方世傑這才聽令行事對玩偶唸了唸咒語。

至於剛才以為自己險些要被開槍射擊的柳阿一，和原本要朝他開槍的那名男子，一起怔怔的看著前方發生的變化。

「好久不見了，尤特．准格爾騎士。」

從玩偶體內散出一股白煙，轉眼間化作人形的尚．溫徹斯特公爵，微微抬高他的下巴，嘴角微挑看著站在面前的男人。

「是，領主大人——屬下終於盼到您的到來了。」

名叫尤特．准格爾的男子二話不說單膝下跪，恭恭敬敬的重現中古世紀歷史中最迷人的騎士風範。

柳阿一真是看傻眼了，一分鐘前才被人從後方突襲抵上槍口，一分鐘後的現在他卻像在看好萊塢電影，眼前竟活生生上演一齣騎士和領主的故事！

「阿大，打我一拳吧，我有些反應不過來了啊……」

「你有病啊？原來你有這種癖好？」方世傑毫不猶豫就嫌惡挑眉的吐槽了柳阿一。

「領主大人，屬下對於能再見到您真是萬分榮幸且發自內心的高興……但是，跟隨領主大人而來的這兩人是？」

尤特回過頭將目光掃過柳阿一，再轉身看了方世傑一眼，在他標準的西方人深邃碧藍眼眸中，透著一絲不解。

「什麼叫跟隨領主大人而來，是他被我們裝進行李裡帶來的好嗎……」

柳阿一撇了撇嘴喃喃自語，也是到了現在，他才有餘力開始打量起這名「騎士」。

雖然身穿現代的衣服，對方的氣質卻如電影、小說中對騎士既定形象的描繪，尤特・准格爾有著高大挺拔又帥氣逼人的外表，金色如太陽般的俐落短髮，還有那猶如湖面般深深讓人著迷、足以讓人跌進去的藍色眼眸，低沉而富有磁性、充滿男人味的嗓音，更讓柳阿一覺得這世界上的競爭對手又多了一個。

雖然這傢伙在外表上無懈可擊，但柳阿一還是很清楚的：能夠作為公爵騎士的他，絕非常人。

「那麼，對於方才的行為，請容我向這位先生鄭重的道歉……並向領主大人的兩位隨行正式自我介紹，在下名叫尤特・准格爾，是領主大人的首席騎士，你們稱呼在下為尤特即可。」尤特轉過身、對著柳阿一先行一個致上歉意的欠身，再抬起身子對著柳阿一和方世傑正色道。

「呃，我不是那種小心眼的男人，剛才的事我也就忘了……我叫柳阿一，但不是你家領主大人的隨從，現為一名專職作家，請多指教。」柳阿一撓撓後腦勺，有些尷尬的回應。

「哼，還真敢說自己是名專職作家啊……稿子都拖到天際去了……」

方世傑冷哼一聲後，回過頭來對著尤特挑了眉頭：「我是方世傑，很不幸是那傢伙的責任編輯，才不是什麼領主的隨從。話說回來……你是活人嗎？」

「喂，阿大你這也太單刀直入、太沒禮貌了吧！」柳阿一立刻緊張起來。

「哼，有什麼關係，他的主子可是名鬼魂，但他卻還像是活生生的站在我們面前，關於這點總該問清楚不是嗎？」方世傑不以為然的答。

「唉……我該說什麼呢……阿大你就是這種個性，我跟你認真就輸了……」柳阿一不禁搖搖頭，不過這也的確不失為快速得到答案的方式。

「尤特．准格爾，關於這個問題，你的答覆是？」再將目光移回前方的金髮男子身上，方世傑的態度自是一如既往的不客氣。

尤特先是看向身後的自家領主，像是在徵詢對方的意見，見尚．溫徹斯特點頭以示，尤特這才鬆口對方世傑道：「……『活人』這一詞用於在下身上確實不那麼妥當。」

作為騎士該有的謙卑特質，在尤特的說話方式上特別明顯，他臉色一沉，接續道：「實際上，在下當初聽從了領主大人之旨，利用一些秘法讓自己成為了不老之身……並非不死，只是延長了相較凡人數倍的壽命。」

「等等，意思是你基本上還是個正常人，只不過是個活體木乃伊，然後這一切都是你家主子的旨意？」柳阿一一臉吃驚的做出他的歸納結論。

「柳阿一，說我沒禮貌，你自己有好到哪裡去嗎？」

方世傑先是給了柳阿一一個冷眼，吐槽了一句後，再對尤特道：「不過那傢伙說的話大抵也沒錯吧？尤特．准格爾先生。」

「兩位若想那般理解倒也沒有多大的錯誤……」

「可是我很不能理解，為什麼這是小尚的主意？目的為何啊？」柳阿一雙手扠腰，納悶的追問。

「這就說來話長了……不如先找個地方坐下來我們再談吧，讓領主大人一直在旁站著是相當不敬的。」

尤特先回過身向雙手抱胸、默默板著臉孔聽著他們交談的尚．溫徹斯特再行一個鞠躬，接著便領著柳阿一等人前進，同時一邊打開城堡內的主燈。

有了燈光照明的城堡，氣派的裝潢頓時映入眼簾，中古歐風的擺設和陳列讓人恍若回到上個世紀。

尤特為他們這群遠道而來的賓客挑了個舒適位置坐下，進行交談。

柳阿一和方世傑這才了解眼前這名不老騎士的背景。

原來當初尚．溫徹斯特接受卓格的委託，在他命終之後要有個人能守住自己的身軀，目的就如同柳阿一之前所聽到的，是為了將來有天再復活過來對付西法。據說卓格早有預感西法之事並未結束，而這世界上能給予西法制裁之人除了神，人間也只有號稱「最強驅魔人」的卓格能夠辦得到。

然而，既然身為驅魔師，卓格生前自是與許多妖魔鬼怪有所過節，在卓格死後，很可能引來有心復仇的鬼魂作亂，甚至可能趁機將卓格打算封存的肉身毀壞、下咒或施行其他各種報復，因此卓格需要一位強而有力、能夠在他復甦之前保護肉身的護衛。

「尤特．准格爾是當時最具正義形象、凜然，且接受過大主教洗禮受封的聖騎士，也因此卓格向本公爵提出這個請求，因為他認為有如太陽一般強大耀眼的尤特是護衛的不二人選。」尚．溫徹斯特如此說。

「但是，由於我們不知道卓格何時將再度復活，為此在下受了領主大人委託，私下找尋能夠延長壽命與維持肉體不老的方法，目的即是要能夠拉長壽命時間保護卓格之軀。」尤特接續在自家主人之後道。

「原來是這麼回事……尤特啊，你真是超級典型盡忠職守的騎士耶。不過，要是你能偷偷跟我說一下怎麼維持長壽的方法，我會更有興趣一聽……痛！」

「維持？哼，讓你這種敗壞社會風氣的女性惡夢活那麼久有何意義？」

柳阿一話還沒說完，方世傑就毫無預警的打了他的後腦勺。

「嗚……阿大就是見不得人好，眼紅我的魅力就直說……好疼！」

再一次的，柳阿一的後腦勺又迎來第二次攻擊。

「尤特別在意，那兩人一直以來都是那樣子在展現他們的好交情。」尚．溫徹斯特坐在一旁、膝蓋交疊，正喝著尤特準備的熱茶，淡然的道。

「好交情個頭！我都快被阿大打到腦震盪了還好交情！」柳阿一聽到都快哭了啊！別把他的性命視為無物好嗎？

「總而言之，既然弄懂了尤特的事，目前最重要的，便是卓格．斐迪辛的肉身現今在何處？長年擔當護衛的尤特先生應是最清楚的吧？」方世傑無視柳阿一的反駁，表情回歸正色，板起隨時看上去都似乎帶有慍色的臉孔問著。

「是的，你們要找的卓格──如今就在這座城堡的地下室。」尤特凜然的雙眸直視著柳阿一和方世傑兩人。

「還真是……得來不費功夫，出乎意料的很快就找到了啊！」柳阿一先是睜圓眼睛，臉上表情很快轉換成忍不住欣喜的笑。

「先別高興得太早，我們還不知道怎麼將卓格弄復活。不過，尤特先生可以馬上帶我們去見他吧？」方世傑冷眼瞥了柳阿一一眼，回過頭來向尤特要求。

「沒問題，兩位既然是領主大人認可的隨從，在下對於兩位提出的請求沒有拒絕的理由……在下相信，縱使目前還不知道喚醒卓格的方法，但倘若是你們，一定可以做到。」說話的同時，尤特如湖水般澄澈的眸子注視著柳阿一和方世傑，眼神中沒有半點虛假。

「啊，的確如此——我們絕對會搞定這一切，因為西法那傢伙非打倒不可。」柳阿一壓低聲音，說出帶著破釜沉舟的決心。

西法造了太多罪孽。

一路以來看著西法傷害了太多人，用輕蔑態度操控了太多人的人生，儘管那些人也不如白紙般單純，但利用他們，讓這些人失去生命並遭遇那麼多苦痛，這些罪狀確確實實是西法所為——柳阿一無法不去憎惡這個傢伙。

特別是在殷婷的事件過後，他看到殷宇那彷彿失了魂魄、將自己關閉起來的狀態……他更是不能抑制加深對西法的痛惡。

這點，相信方世傑也一樣。

「那是必然的。」

方世傑閉起雙眼，睫扇長長的陰影落在眼瞼下，面容帶著一份冷冰的慍色。

他不知道自己為何對勾魂冊之主有種莫名執著，至今仍不清楚是怎麼回事，可是這樣也好，他為了這份執著，非得再和西法見上一面，然後要連同殷宇的分一起加倍奉還，讓西法也嚐嚐挫敗的痛苦。

尤特看著這兩人，他輕輕的發出一聲恍若帶著安心的鼻息，回過頭面向他的主人。

「領主大人，看來您找到了很棒的隨從呢……您的怨、您的恨、在下至今無能為您報的仇，將會透過這兩人得到想要的結果吧。」

尤特在說話時，眼簾低垂，上挑的嘴角不經意的流露出一絲苦澀，拳頭也微微的顫動。

「這也是……命運的安排吧。」

回應尤特的答覆，是來自尚・溫徹斯特有所感觸的嘆息。

IX

絕望緊接而來

在尤特的帶領下，眾人踏著向下延伸的石階，一步步來到了非得有人擎著火把才能勉強照亮的地下室。

目前僅尤特手中有一支火把，初次踏入的柳阿一和方世傑還無法全然看清四周，只知道地下室似乎沒有隨著時代進步而有電氣化設備，依然保留中古世紀的氣味。直到尤特將地下室內所有的火把點燃後，逐一亮起的火光才漸漸將地下室的全景納入柳阿一等人眼中。

「這裡是……」

「歷代受封驅魔師的地下墓園。」

在柳阿一開口詢問後，傳來尤特特有低沉聲線的答覆。

映入眼簾的景象確實如同尤特的回答，在樸實毫無裝飾的大理石砌成的地下室中，直直的豎立了一具具看上去年代久遠的棺木，空氣裡有著一股漫漫歲月流逝而過的獨有味道。對柳阿一和方世傑而言，明知此處是座地下墓園，卻沒有半點讓人感到陰森的氣息，有的只是莊嚴、肅靜，神聖且不可侵犯。

一具具棺木內躺著一位位驅魔人，在此之前，無論柳阿一或方世傑都沒想過，原來在這個世界上真存有所謂的驅魔師，而且從棺木的數量來看似乎歷史久遠。對於從事小說創作和編輯的這兩人來說，這些場景恍若自己筆下的作品一樣充滿魔幻色彩。

尤特穿梭於棺木之間，最後見他停佇在其中一具最為簡樸的棺材前，低頭查看。

「就是這個，封存卓格肉身的棺木。」尤特抬起頭來對著柳阿一等人道。

「可以……讓我們看看他嗎？」

這時，方世傑提出了讓柳阿一意外的要求。

「喂，阿大你都還不知道叫醒睡美人的方法，就想先打開人家睡好好的棺材偷看？就不怕看到腐屍什麼的……」

「柳先生，這點你多慮了，在下為此已經事先處理過，用了一些特殊香料和保存方法使其肉身不至於腐壞。況且方先生提出這種請求沒有錯，以你們的立場而言，的確會想親眼確認。」尤特解釋道。

「哼！只有柳阿一你的想法那麼愚蠢……還是說你剛才是怕了？怕看見腐爛的畫面？」方世傑毫不留情又中傷了柳阿一。他眉頭一揚，嘴角微挑，看在柳阿一眼底就是抹不折不扣壞心的笑。

「才、才不是！本大爺我怎可能怕那種東西！也不想想處理勾魂冊事件，一路走來我看了多少更噁心的玩意！」柳阿一氣不過的握緊了拳頭、鼓起了腮幫子。

「又來了，又是這種小學生的表情，你也不想想看自己多大個人了還這副德性……」方世傑沒好氣的皺起眉頭，擺明嫌惡的移開原先落在柳阿一身上的目光。

「不，很、很可愛啊……這種反差不是很、很可愛嗎……」

「啊？」

方世傑以為自己聽錯了，愣愣的轉頭看向此時盯著柳阿一、面色微微紅潤且嘴巴緊閉吞嚥一口水的某位騎士。

「別在意，這傢伙的審美觀和喜好點與別人不太一樣，你們當作耳邊風就好。」

突然插話的人是尚．溫徹斯特，對於自家屬下的奇怪特質已習以為常。

「也、也是啊……咳，那回歸正事，麻煩尤特開棺讓我們確認一下。」方世傑擦擦剛才不自覺冒出冷汗的額頭。

「是。」

尤特點頭以示，便著手將封存完善的棺木打開……

棺蓋一掀，由於光線不是那麼充足，尤特又拿起一支火把湊近照亮，這時映入柳阿一等人眼中的畫面是——

布置簡約、以緞布作為底襯的棺木之內，靜靜的躺著一名有著一頭金髮的男子。

「他就是……最強驅魔人卓格？」

身穿包裹得密不透風的大衣，雙手也被黑色手套覆蓋、十指交叉平放在腹部之上，雖然閉著雙眼，卻不難看出他有一張英氣的容貌。膚色雖然有著專屬於亡者的蒼白，但可以想像卓格生前相較西方人白皙的膚色，是偏向於均勻的小麥色。

不知過了多久的時間流轉，躺在這座棺木之內的卓格不見一點腐敗，肌膚甚至隱約還保有彈性和水分，看上去猶如睡著了一般。

開棺前還有點敬畏之意的柳阿一，在看到卓格的現況後，心中那份對於屍體的恐懼已淡然化去，因為眼前的卓格看上去和自己無異，難以感覺到此人已不再有呼息，在歲月的洪流中早已靜靜的躺了數百載。

他沒有注意到旁邊的方世傑面有異狀。

方世傑走近棺木，微彎腰，比起其他人更近距離觀看躺在其中的卓格。

——這是怎麼回事？有種似曾相識的感覺……

方世傑不禁蹙起了眉頭。

看著卓格這張線條分明宛若雕刻的臉孔，方世傑心中便起了一股連自身都難以解釋的既視感——好似自己不是第一次見到卓格的面貌。

可是偏偏在此時他又想不起來。這種感覺讓人很不是滋味，方世傑不停催促著自己的腦袋快浮上答案。

「阿大？阿大你怎麼眉頭都擠在一塊啦？哦，我知道了！該不會想說這張臉你在哪見過吧？」

「什……！」

被一語中的的方世傑錯愕的回頭瞪向柳阿一。這不可能，為何柳阿一會說中自己的心聲？

「啊，看來果真是如此呢。其實不只是阿大你，我也覺得自己好像不是初次見到這位驅魔大師啊……」柳阿一一手托著下巴，喃喃自語著：「嗯……究竟在哪看過呢……」

「兩位不是第一次見著卓格？這怎麼可能，你們和卓格可不是生在同一年代啊。」尚．溫徹斯特也表示納悶。

「柳阿一，你給我想清楚點，仔細認真的想，到底是在哪裡見到卓格的？」方世傑一把抓住柳阿一的肩膀，搖了搖。

「別、別這麼猴急啦阿大，你都想不起來了，我會容易到哪去嗎……」柳阿一想掙脫方世傑的控制，試著甩了甩肩膀。

「……諸位小心！」

就在這時，尤特突然壓低聲音警告，同時一個箭步衝到最前頭、戒備以待。

「怎、怎麼了嗎？」眼看尤特進入警戒狀態，柳阿一心中頓時萌生不祥預感。

「不愧是長年擔當守衛卓格．斐迪辛的聖騎士……比起其他人更先一步歡迎我的到來呢。」

「不會錯的，這聲音是……！」

「西法！」尚・溫徹斯特搶在柳阿一前頭，憤怒的喊出答案。

「哎呀呀，原來是你呀，溫徹斯特公爵，我之前正猜著到底是誰幫助柳先生他們得知夏琳的下落……真沒想到命運的紅線又將我們牽在一塊，再次見面了呢。」

從昏暗的角落漸漸步出的人影，是一如既往穿著神父制服的西法，堆滿笑容的面向怒氣寫在臉上的尚・溫徹斯特。

「西法……你居然還敢出現在本公爵面前盡說這些蠢話！」

尚・溫徹斯特的惱怒都寫在臉上，和平常流露出來的生氣不同，而是表現出更多更深的恨意。

「哎呀，若非因為卓格的肉身在此，我也不會千里迢迢追來此處……這可得多謝柳先生。先前趁柳先生一個不注意時在你身上動了點手腳……沒錯，就是類似能夠定位的東西，不過我用的不是追蹤器，而是法術。」

面對眾人不歡迎甚至憎惡的眼神，西法反倒愉快的笑了起來，越是沉浸在這種充滿恨意的目光之中。

柳阿一聽聞後驚訝的睜圓雙眼，他沒想到竟是自己招來了惡魔！

「勾魂冊之主，看來你是衝著卓格而來，但休想碰他一根寒毛！」

比起柳阿一和方世傑身形更顯高大的尤特，從懷裡取出一把隨身的短劍，那是一把浸泡過聖水的短劍，刀身鋒利，具有驅魔的能耐，尤特總是攜帶這把短劍以備不時之需。在守護卓格的漫長歲月之中，有太多太多的惡鬼幽魂想傷害卓格，這點武裝是必備的。

「呵……尤特・准格爾……溫徹斯特公爵的首席騎士……我沒記錯你的名字對吧？」西法對著尤特勾起了一抹笑，「若沒記錯的話，在公爵大人魂斷的當晚你也在場吧？倘若你真有能夠阻止我的能耐……為何還眼睜睜看著你的主人因我而劃上生命終點呢？」

被西法這麼一說，尤特的眼睛頓時睜大。在他身後的柳阿一都能聽到他明顯倒抽口氣的聲音，看來西法所言並非虛假，這更讓柳阿一在意起來了。

「溫徹斯特公爵真是機關算盡啊……以為沒有卓格的力量，就憑當時只是一屆凡人的你和尤特騎士，以及一根破爛的木樁，就能將我從這世上抹除嗎？」

西法將自己右手輕輕的撫上胸口，位於心臟的位置。

「當初設計我進到城堡之內，你們主從倆特意將我逼到浸泡過聖水的木樁旁，以為能夠讓我像聖子一樣被釘死在上……結果到頭來呢？到頭來成了聖子的人卻是你呢——溫徹斯特公爵大人。」

冷冰的語調訴說著過往的殘酷真相，西法嘴角上的笑容不褪，反觀被點名的對象臉色從惱怒轉為一沉，蒼白得可怖。

柳阿一和方世傑不敢置信的看向尚・溫徹斯特，見他緊閉雙脣不語；而另一旁的尤特臉色同樣鐵青難看，無疑都被西法扯出的往事再次重重的打擊了一次。

「呵，公爵大人和騎士大人原本的氣勢都去哪了？我不過動動嘴皮子，就將兩位弄得意志消沉了嗎？」西法往前踏近了一步，「那麼，這也代表我可以輕鬆的奪走躺在那裡的卓格吧？」

「休想！」

發出堅決的吼聲、從尤特身後昂然挺身而出之人，正是方世傑。

「別以為什麼事都能順你的意，你已經從我們面前帶走了殷婷，讓殷宇至今為此而苦，休想再任意妄為從我的眼前奪走卓格！」

斬釘截鐵的發言充滿了氣勢，方世傑在說這句話時，胸口塞滿了一股——就連他自己也說不上來的勇氣和衝勁。

「哦呀……真是不錯的眼神和氣勢呢，這讓我想起一個人，一個你們都很熟悉的人。」西法注視方世傑的雙眼先是微微睜圓，但是很快又換上另一種表情——他那一如既往的邪笑。

「不過，你卻連他的一點能耐都沒有吧。」

挑釁的言語從西法口中說出，或許是因為嗓音動聽的關係，總會多了一點優雅的戲劇性張力。

「少逞口舌之力，在下這次絕不會讓你稱心如意！」

話音一落，手持短劍的尤特就冷不防衝上前、揮劍向西法。

「哎呀，真是危險，騎士大人的耐性看來要再多加強些。」

西法一個從容的閃身、躲過尤特的突襲，即使面臨展開攻擊的尤特，西法仍不改戲謔的口吻。

「你以為這次逃得過嗎？西法！」

西法一轉身，就見尚．溫徹斯特轉眼來到身後，伸手欲要抓住他。

「溫徹斯特公爵，看來上次的教訓沒有好好記住呢……逃？我用得著逃嗎？」

再一個反身、輕而易舉的避開尚．溫徹斯特的手，西法退到一旁，朝方才攻擊他的兩人舉起手來攤開掌心。

「以前就贏不了我——現在有了新力量的我更不可能被你們打敗。」

剎那，恍若看到黑色的影子從西法手中竄出，伴隨著猶如來自地獄的狼嚎，黑影化作狼首咬向尤特和尚．溫徹斯特！

「領主大人！」

尤特毫不猶豫就往尚．溫徹斯特的方向衝去，以後背硬是接下西法的攻擊。扛下所有攻擊的尤特不見他蹙起眉頭，反而咬著牙，用溢滿怒意的眼神回頭瞪向西法。

「……我以騎士之名發誓，絕不會再讓你傷害領主大人，百年以後如此，千年亦是，只要你還存在這世上的一天，我再也……不會讓你碰著領主大人的一根指頭！」

藍色的眸子目光凜然，對上西法的視線沒有絲毫退讓，正直且無所懼意。

尤特的這一面讓尚・溫徹斯特瞳孔微微的收縮，在旁見著這幕的柳阿一和方世傑也被尤特氣勢所折服。

頓時一片沉默，直到西法忍俊不禁，笑出了聲。

「呵、呵呵……哈哈哈……哈哈！」

起先是零零落落的笑，接著轉為猖狂的笑，西法面帶諷刺的笑臉道：「好可怕，真的是好可怕哦，准格爾騎士……你那太過耿直的愚昧沒想到會如此可怕。你知道嗎？可怕到會讓你再一次失去領主大人哦？」

西法彈指一聲，「我說過，我得到了『新的力量』對吧？像你這種愚蠢的發言真要是惹惱了我……別說帶走卓格——我會連同你們每一人的靈魂都帶走。」

壓低聲線，強烈而冷冰的壓迫感隨之而來，西法的眼神一沉，讓所有人知道他不是虛張聲勢。

「喂喂，這傢伙不是在開玩笑的啊……」

柳阿一自額頭沁出的冷汗已流至下巴，嚥下一口口水，他正努力絞盡腦汁，倘若西法真要奪走他們性命並帶走卓格，難道他除了坐以待斃，就沒有別的辦法嗎？

當柳阿一還在思索時，尚．溫徹斯特主從再次展開第二次的攻擊。看在柳阿一和方世傑眼中，那僅是種不死心表現，對上西法，他們不認為會有勝利可能；看在西法眼底，那不過是不自量力的行為，因此戲謔而輕蔑的笑從未自他嘴角退下。

尚．溫徹斯特也有自知之明。雖然他的騎士在對付其他一般惡靈很得心應手，一旦對手是西法就難以取得上風，原因無他，一來是西法的等級本就不是泛泛妖魔能比，二來他切身感受到西法的確有了更強大的新力量——尚．溫徹斯特認為，這股力量似乎和西法收集勾魂冊交易對象的靈魂有關。

但是，他也不能眼睜睜看著西法帶走卓格，卓格可是他們能夠打敗並制服西法的唯一希望；他也不可能讓西法殺害柳阿一他們，他尚．溫徹斯特當年就是死於西法之手，豈可再見西法重現當時之景，還傷害更多的人！

他不允許。

絕不允許！

如果西法真要滅了他們，至少，他也要讓除了自己以外的其他人逃離此處，反正他早已是個鬼魂，更因西法的緣故而難以轉世，無論是尤特、柳阿一還是方世傑他們都是有血有肉、確確實實命不該絕的人，所以他決定了——

「西法，我們倆之間的仇恨就在此了結！」

尚・溫徹斯特毫無預警就直撲上去，睜大雙眼而竭力一吼的他看上去不打算留有退路。

「領主大人！」

尤特見狀，他恍然明瞭自家主人的企圖，他牙一咬、俯衝向前要拉住溫徹斯特之際，西法冷笑一聲。

「呵，你以為我會讓你如願嗎？」

西法話音一落，只差一步就要撞上西法的尚・溫徹斯特眼前頓時閃過一道黑影，轉瞬間，那道黑影反撲尚・溫徹斯特，一鼓作氣重重的將他打到牆上，化作逆十字架之姿將尚・溫徹斯特死死釘牢！

「溫徹斯特！」

「領主！」

來自方世傑和尤特情急的吼聲直衝雲霄，但他們還來不及做出任何行動，下一秒就見同樣的黑影迅速來到他們身前、如法炮製，連同柳阿一都被狠狠釘在壁上，動彈不得。

「放開他們！西法！」尚・溫徹斯特見著自己的夥伴都落得同樣處境，激動的扯著喉嚨大喊。

「呵呵，那怎麼行呢，公爵大人……你們都是礙事的壞孩子啊。」

西法對著尚．溫徹斯特泛起一笑，迷人卻邪魅的笑。

「所以，就乖乖的看著我將卓格的軀殼帶走……然後，你們就被釘在牆上，直到死亡或者永不超生……反正這是一座地下墓園，諸位也算死得其所了。」

一邊笑吟吟的說著，一邊在無人阻礙之下緩步前行，西法來到放置卓格肉身的棺材之前，靜默的凝視了躺在其中闔眼的卓格。

「終於……又見到你了呢……果然，你連死了之後都是我心頭最大一根的芒刺。」

不知是否是自己起了錯覺，在聽西法說這句話時，柳阿一總覺得西法語帶感傷。

眼見西法揚起手，從指尖射出一條黑影幻化的荊棘，那些荊棘頓時一圈圈纏繞住卓格所身處的棺木。

「卓格就由我接收了，各位就在絕望之中等待死亡吧。」

空氣中傳來西法咯咯的笑聲，被黑色荊棘環環圈住的棺材開始緩緩升空。

「怎麼可以讓你帶走卓格……開什麼玩笑！」低著頭的方世傑咬牙切齒。

他豈能接受這樣的結果？對於卓格，甚至是對於西法，他都懷有各自不同的奇異感受，他還想要追求解答，所以他絕不能讓卓格就此消失在這世上，更不允許不知在策劃什麼的西法達成願望，因為他有種強烈的預感，假使讓西法如願以償——這個世界會變得如何他不敢想像！

「還不明白嗎？事到如今還想掙扎啊……嗯？」

在西法轉頭看向方世傑時，忽然停住了話，眉頭更因此微微的蹙了起來。

「至今為止你傷害了我身邊多少人……我絕不會如你的願！」

方世傑抬起頭來，此時映入西法眼簾的他，渾身散發出燦燦白光，原先釘死在他身上的黑影逆十字架漸漸被白光驅散！

柳阿一對於這一幕不陌生，他知道這個時候的阿大又引出潛藏的靈力！

「啊……這個似曾相識的靈光……呵，我懂了，你是卓格的……！」

西法的話未完，一道強勁的白光就從方世傑掌中發出、直射向他。

「哎呀，這下稍微出乎意料了，不過倒也不是什麼棘手的問題。」西法伸出另一手，召喚出黑影化成的盾牌擋住白光，他嘴角扯了扯、向方世傑微微一笑。

「西法，我要你付出代價！」方世傑以怒瞪回應西法的笑，再次攤開掌心，朝西法發射出一道道如流星劃過的白色光束。

「呵，好大的口氣，你以為憑這點程度就能擊敗我嗎——真是做夢！」

西法頭一次在眾人面前動了肝火，他強硬的再度以黑影回擊，比起先前的黑影更加龐大且發出各種懾人咆哮，毫不留情襲捲方世傑！

「阿大！」

柳阿一情急的大喊，眼見被黑影狠狠撞上的方世傑當場吐了一口血，身上的白光也轉瞬削弱。

然而，西法根本不給方世傑喘息的餘地，剎那，西法如迅雷一般來到方世傑跟前，一把拎起他的衣領、用力的再往牆面一抵。

「嗚！」

在方世傑發出痛苦的嗚咽聲之際，柳阿一和其他人都不敢相信自己所見到的——

方世傑的右肩被西法一手貫穿！

「哎呀，失手了呢。不過……」身體幾乎全然壓上方世傑的西法，湊到方世傑的耳邊用磁性嗓音低語：「下次，可沒這麼幸運只貫穿你的肩膀而已哦。」

語畢，西法迅速的拔出貫穿方世傑肩膀的手，血淋淋的左手再次揚起……這次是對準了方世傑的心窩。

「再見了，你是卓格的什麼人都不重要了……」

「對我來說很重要！」

這時，只見被釘牢在牆上的柳阿一吃力的丟出某樣東西。

「刷！」

當那小小的物品掉在地上的瞬間，一道更加強烈奪目的白光將這個空間內的所有一切都吞沒籠罩！

「這、這是……哼，居然還留有這一手！」

光海之中只聞西法不悅的聲音，當白光散盡的下一秒，原先限制柳阿一等人行動的黑影消失殆盡，就連西法也不見人影。

愣愣的環顧四周，確定不見西法的蹤影後，柳阿一稍顯放鬆的嘆口氣，然後快步來到受傷的方世傑身旁，急忙的查看情況。

「剛、剛剛那是怎麼回事？」尚．溫徹斯特一臉詫異的問。

「是閻王給的錦囊啦，她說要是遇到萬分危急的情況可以使用，我當下想說死馬當活馬醫、賭一賭，於是就將錦囊打開朝西法那傢伙丟去……倒是尤特和小尚，這裡有沒有能夠做緊急止血包紮的醫護用品？阿大傷得很嚴重啊！」柳阿一忙著用雙手幫方世傑加壓止血，一邊看著一臉痛苦的方世傑，一邊緊張的問。

「樓上應該有你所說的東西，在下這就去拿！」

尤特回應完柳阿一的話，便立即轉身衝上樓，但是一看到那具打開的棺木，他錯愕的止住腳步。

「看來除了方先生的情況危急外……這個世界的將來恐怕也危險了……」

尤特的目光怔怔的落在棺木之上。

「我們最後的希望，卓格——似乎被西法帶走了……」

X

不勞而獲的怠惰

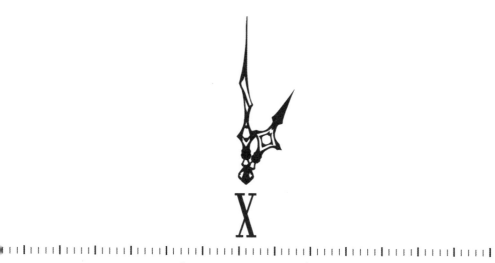

卑以亞站在教堂門前，靜靜的看著她的主人歸來。西法手提一只鐵籠，裡頭囚禁一隻四處飛撲、碰撞的迷途蝴蝶。

「主人，恭喜您取得最後一樣靈魂標本。」

卑以亞向西法恭敬的欠身，她的語調一如既往沒有起伏。

「呵，妳不只該恭喜這一項，先前我還帶回了卓格的肉身……如此一來，我的計畫就更無懈可擊了。」

十足的滿意都明顯寫在西法臉上，他提高手上的籠子，魔魅雙眼注視著其中四處碰壁的蝴蝶。

「這隻蝴蝶，來自尼斯特村的交易對象，他想製造出真實的『傳說』，吸引大批遊客、賺取不勞而獲的金錢……我如他所願實現了尼斯特湖的種種傳說，他最後卻由於害怕、退縮，想找外地的神父進行驅邪……呵，這可是破壞了我當初跟他說好的條件啊，真是個愚蠢的人呢。」

西法落在蝴蝶身上的視線，是帶著欣賞的角度，品味著蝴蝶的倉皇失措。

「不過這樣也好，不然我就無法以『怠惰』之名回收他的靈魂。」

將籠子遞給了卑以亞之後，西法便邁開步伐，走進周圍墓碑林立、只屬於他的教堂之中。

「包含以前所蒐集到手的靈魂標本……現在，所有『七宗罪』的靈魂都已到手。」

西法抬起頭，仰望逐漸被烏雲遮蔽的天空，嘴角挑起了笑。

——是該進行最後一步了。

《人魚的溫柔淚傷》完

楔子

—《闇夜古堡的終戰》—

「我們到愛丁風堡了，西法主人。」

在月光之下，有一位身材高挑的銀髮女人，用細緻迷人的嗓音發聲，一陣陣朝她臉龐吹來的狂亂冷風，將她的髮絲弄得獵獵飛舞。

在她身旁的男子，她的主人西法，好看的薄紫色脣線緊閉、嘴角微翹，血紅色的眼眸筆直的凝望前方。

在他和她的眼中，不遠處有座哥德式古老莊嚴的城堡，外牆鑲著灰白色的磁磚，看似灰濛濛久未打掃的格子窗，反映著淒冷的月光；高聳的尖塔上，古老的笨鐘正在作響，一輪明月下的古堡，散發著神秘又迷幻的氣息，城堡上空有群準備返巢的黑鴉，發出啞啞低鳴。

「呵呵……這裡不管過了多久還是沒什麼改變呢……走吧，我們別讓『審判者』等太久吶。」西法赤紅妖媚的雙眸，凝視著古堡，同時深深的吸一口氣，像是在品嘗古堡周遭陰冷森然的氣味。

兩人先是穿過一道凡人無法看見的隱藏結界，在他們倆身體穿過結界的瞬間，古堡四周那片蓊鬱參天的黑森林忽然颳起一陣更為強烈的冷風，刺耳的風嘯聲就像道警鈴，作為西法和卑以亞到來的通知。

當兩人來到愛丁風堡的正門前，對前方的景象感到意外的卑以亞問：「愛丁風堡前怎會有一條沒有水的護城河？濠溝又挖得如此深，想要徒步過去恐怕得費一番力，而且會弄得相當狼狽吧……」

卑以亞很清楚自從跨進了愛丁風堡的結界內，他們平時最常使用的瞬間移動魔法陣已被限制。實際上，她過去已有所聞，凡是歷屆入城者都得捨棄所有便捷的魔法，必須親自徒步來到「審判者」面前。

這是愛丁風堡城主「審判者」所制訂的古怪規則之一，似乎有讓他人降低身段的意味。陷入深思中的卑以亞不禁以手托著下顎，秀麗中帶點禁欲誘人氣息的臉蛋，此時別有一番沉思的美感。

「呵呵……別太心急。這是『資格考驗』。妳看，濠溝底下不是有一艘看似荒廢已久的木船？」西法臉上仍帶著醉人的笑容，朱紅嘴角微微上揚。

「有是有，但屬下仍不明白您的意思……」

「呵呵……那妳說，打從我成為吸血鬼，又轉化為現今這種無須吸血也能存活的狀態期間，我之所以殺那麼多人……單純只是為了獲得吸血的飽足感或殺戮快感嗎？」

「您是說……您是為了這一天而事先做了準備？」

「呵，看來妳明瞭了。那麼接下來……」

西法伸出右手，將掌心朝向濠溝攤開，接著一道詭異的紅光直射而去，就在剎那，濠溝底下突然以極快的速度冒出堆積如山的「人」。

人們以各種姿勢交雜堆疊在一塊，他們的雙手緩慢卻規律的搖動著，口中還不停發出低低的嗚咽或啜泣聲，遠看就像一堆肉色的幼蟲糾結在一塊、不斷蠕動的噁心畫面。

「這些是……？」即使是常年待在西法身邊、習慣了主人各種髮指作為的皋以亞仍倒抽一口氣，相較一般人略顯形狀尖銳的雙耳也微微動了一下。

「這些都是我以前殺過的人，現在我把他們的靈魂實體化。等會……就是重頭戲了。」西法邪笑著，發出令人聽了會打從心底發寒的笑聲。

「喀喀喀……」

就在這時，前方的護城河似乎因為西法作為而啟動了某種機關，濠溝左、右兩邊的土牆，竟出現兩塊釘滿鐵釘的鐵板正往人群緩緩移動。

「啊——！」

就在鐵板慢慢壓上堆高的「人山」時，裡頭的這些人發出尖銳悲鳴。生鏽的鐵釘刺向他們脆弱的皮膚與動脈，從他們身上噴湧而出的血柱直沖上天，構築成一場華麗嚇人的血舞；最後，整個濠溝幾乎快被血水淹沒，而原本在底下的木船，逐漸搖搖晃晃的浮於紅色水面之上。

「鬼皇儀式……我來了。」

西法淺淺一笑，輕而易舉的踏上了木船，之後換皋以亞要跟上她的主人。

「為何我上不了船？」

卑以亞微微睜圓了她的雙眼，因為就在剛剛，她準備踏上船身的腳被莫名的反彈回來。

「嗯……看來這是有限定搭乘者的……卑以亞，妳就在這裡等我。」

西法語畢，安撫似的輕輕拍了拍卑以亞的頭，接著船隻便順著水流往正門口前進。佇在原地、目送西法進入正門的卑以亞，一手揪在胸口上。

「西法主人……為何我有一種再也見不到您的感覺呢……」

愛丁風堡內空氣異常的平靜，如暴風雨前的寧靜。

古老的時針慢慢的移動，秒針不停發出吵雜的聲音；高聳寬廣的空間設計，令人的視野感到舒暢和驚嘆，而前方一條寬長氣派的階梯，是用白色大理石鋪成。西法來到一座圓環形的大廳，四周擺放著駭人詭異的人體標本，有矮有高、有瘦有胖，不同種族、膚色的人體標本無聲佇立……宛如不朽的蠟像，歲月帶不走他們的永恆……

「你是知道我來了吧，審判者……我可是準時抵達了哦。」

西法在目前看似無人的大廳中，發出了他的到來宣告。他輕撥了撥一頭迷人的烏黑秀髮，赤色的雙眼低瞇著，長而濃密的睫毛輕搧了一下。

他的話音落下後不久，大廳前方階梯上的二樓門扉應聲緩緩開啟，傳來一陣高雅的風琴聲，像在為誰作為開場。

「吾就是審判者，X．格蘭沙。」

優美卻陰冷的聲音，來自正從二樓階梯一步步走下來的男人之口。

格蘭沙身穿一襲昂貴的絲綢衣著，有著一雙帶紫的藍色眼瞳，白皙如雪的肌膚與紅脣相襯托，米白的長鬈髮垂在臉頰兩側，看起來更是格外的華麗。

到達大廳後，格蘭沙將塗有紫羅藍色的指頭抵在脣上，開口：「你的確是如期來赴約了，西法．斐迪辛……啊，吾差點忘了，你已經捨棄那個姓氏了吧？」

「呵……你是明知故問吧，審判者格蘭沙，我真不曉得要稱你為先生或女士呢。活了上百年的活死人審判者，活到連性別都退化了呢。」西法淺淺的笑了笑，回應中透出一點針鋒相對的氣息。說到底，他可不喜歡聽見別人隨意提起自己過去的名字，就如同格蘭沙所說，他早已拋棄了那個曾經作為一名人類、以及包含自己過往的姓氏。

果然……久久聽起別人再如此稱呼自己時，那厭惡的感覺並沒有隨著時間而沖淡。

「喔呵呵……什麼都不用稱呼，叫吾格蘭沙就夠了。你的嘴巴也仍是那麼毒辣呀。」

格蘭沙走到大廳中的一座長椅前，一點也不顧慮在人前的禮節便慵懶的臥躺下來。

「格蘭沙，我看我們用不著再拐彎抹角了吧？我之所以出現在此的理由僅有一個——」

西法扯聳聳肩，扯出一抹笑。「儀式該開始了吧？」

I

眾人的決心

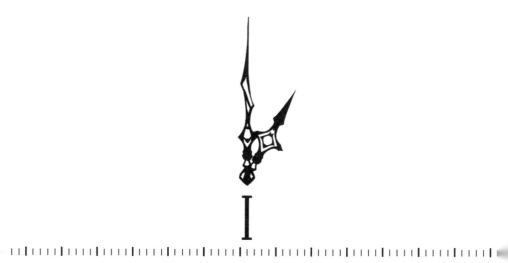

窗外明明豔陽高照，大太陽將柏油路都快蒸出熱氣，窗戶之內的這間屋子的主人，卻與熱力四射的仲夏徹底隔絕，仍舊籠罩在一片走不出的蕭條秋分氣息中。

已經向出版社請假一段時日的殷宇，今天依然把自己關在家裡。他不愁自己的假期還能請多少天，因為在此之前他一直保持著全勤紀錄，至今為止累積可用的假期天數充分得可以。

自從眼睜睜看著唯一的親人——妹妹殷婷被勾魂冊之主強行帶走後，殷宇便沒讓自己好受過。

失眠、失眠、還是失眠；連續下降的食欲，下降、下降、繼續下降。他曾經想過乾脆就這麼離開這世間吧，乾脆就這麼帶著恨意而死，化成厲鬼去報復西法吧！可是他一方面又覺得心有不甘，他難道就不能在活著的時候將西法擊倒、把殷婷帶回來嗎？

骨子裡那份與生俱來的好勝心選擇要讓自己存活。

至於另一方面沒讓他放棄的因素，是由於——

「真是……不死心的笨蛋呢。」

殷宇看著手機螢幕上，每一天都累積了十多通未接來電的顯示名稱「作家柳阿一」，不禁喃喃的說著。

柳阿一，他所負責的旗下驚悚小說書系作家，這陣子以來幾乎是照三餐規律打電話給他，倘若他沒接，就改傳簡訊，通話或訊息內容不外乎是「你今天有好好吃飯嗎？」、「你有好好補充睡眠嗎？」以及「我們都很擔心你。」……諸如此類，幾乎都快聽膩的話語。

「都是近三十歲的大男人了，柳先生這方面卻還像個纏人的少女呢……」

殷宇注視著手機螢幕，腦海裡浮現了那張曾經每日都得見上一面的臉孔。

除了柳阿一以外，近期還有另一個讓殷宇也有相似評語的人。

「果然……今天也來了啊。」

殷宇走向窗前往下一看，大樓之下有道身影總會不定時出現，對方的目光都會固定朝他所住的樓層望來。

「方編輯……」

是的，答案自殷宇口中吐了出來，他偷偷看著似乎已來一會、背過身去、猶豫著要不要離去的方世傑。

話說，方世傑這種行為好像造成這社區住戶近來的煩惱，有些人開始以為方世傑是打哪來的可疑人物。前天，殷宇才接到大樓管理員打來的電話詢問……若是以前的殷宇大概會覺得很有趣，然後拿這個話題去捉弄一下方世傑吧。

但現在的他一點也沒有這樣的念頭。

殷宇知道，無論是柳阿一還是方世傑都以各自的方式關切自己，他雖然很清楚，可是這些日子以來他仍不想與他們接觸，因為這個世界派了一個叫西法的魔鬼，背叛了他對這個世界的信賴，把他最重要且唯一的家人奪走，並以駭人的方式改變了殷婷……目前為止他還不知道有沒有機會再與妹妹重返原本的生活，甚至是好好的再見上一面。

「背叛……嗎？」

殷宇明明是用著猶若氣音的口吻說出，聽起來卻格外的沉重，他的目光不經意的轉到了客廳中，書櫃上頭是一個個直直站立的獎杯和高掛的勛章。

那曾是他作為人民保母所留下的輝煌過去，亦是留在他心底一個無法抹滅的創傷經歷。這幾天獨自一人在家休息，讓他回想到了以往，和孫景禮在逮捕嫌犯時遭遇的那件往事，那對殷宇而言是第二次深刻的背叛——第一次是來自父母意外雙亡的打擊。如今最後的親人也生死未卜，則是第三次。

想想命運之神在他二十幾年來的生命中，給了數次幾乎讓他無法爬起來的痛擊，可是他也就這麼走過了，唯有心靈上的傷永遠留存。但他忽然想到一件事——

如今拒絕了那兩人的關切，是否也等同背叛了他們對自己的期許？

這個念頭一冒出，殷宇的瞳孔微微的收縮。

「我難道……也成了背叛他人的傢伙嗎？」

殷宇一手揪在胸口上，恰好面對著前方鏡子的他，抬頭一看就見著鏡中的人影。

「原來……殷宇你也是這種人嗎？」

殷宇對著鏡中的自己低聲質問，揪在胸口上的力道隱隱加強，質問的同時，手機的來電答鈴再次響起，伴隨著震動聲不斷直入殷宇的耳朵之中。

殷宇回過頭，瞥見了來電者的顯示名稱，不出他所料，依然是柳阿一打來的電話。這一次他動搖了，伸出了手，在要拿起手機時卻又在半空中停住了動作。

「……別再像個女人一樣猶豫不決了，殷宇。」

話音一落，殷宇甩開踟躕，一把拿起了手機。

「啊，太好了，殷宇你終於接聽了！」

手機另一端傳來再熟悉不過的聲音，欣喜之餘還有一份終於鬆口氣的感覺。

「抱歉，我太晚想通了……讓你們這陣子為我擔心真是抱歉。」

雖然語調起伏不大，卻透露出殷宇發自內心的真誠歉意。

「欸？殷宇，你沒發高燒生病吧？」

柳阿一的聲音聽起來很困擾、很訝異。

「柳先生，我可以把你至今為止遲交的稿件次數現在、立刻、馬上倒背如流給你聽。」

「嗚哇！對、對不起！我知道你沒發燒就是！只、只是果然聽到你直率的道歉還是很不習慣而已……」

如果能夠當場看到本人的話，殷宇猜想，在說這段話的柳阿一大概是尷尬的用食指撓著臉頰，別過頭，甚至隱隱帶點害羞的感覺吧。

「柳先生就打算說這些而已嗎？該不會只是想聽到我的聲音吧？」

「啥！你、你胡言亂語什麼，少噁心了哦！」

果然，如同殷宇所想一樣，對方的反應的確很激動，他甚至能夠想像柳阿一現在臉色刷白的表情。

「呼……」殷宇輕輕的嘆了一聲，嘴角揚起一抹淺笑。

——殷宇啊殷宇，你還真是太晚想通了，這陣子以來都白白浪費捉弄柳阿一的機會啊，這傢伙所帶來的樂趣真是會讓人暫時拋開煩惱呢！

「真是的……虧我好心打來關心你卻被說成這樣……不過，總算放心了，你能對我開這麼惡劣的玩笑，代表你真沒事了。」

手機另一頭傳來柳阿一莞爾的輕笑。

「……因為我不想背叛你們。」

殷宇的聲音降得很低、很低。

「啊？抱歉，你剛說什麼我沒聽清楚？」

「呵……沒什麼。柳先生你去將方編輯一起找來，我們就約在之前常去的那家露天咖啡廳見面，我敢打賭你們一定有很多事要說吧！我也該要恢復到原本的水平，和你們一起繼續並肩作戰了。」

話音落下，殷宇閉上了雙眼。在這之後，無論手機的哪一邊，都迎來短暫的沉默。

殷宇明明把話說得再容易讓人理解不過，很言簡意賅，也充滿了決意，可是柳阿一知道，這短短兩、三行的話，卻是殷宇在這些時日裡不斷掙扎得出來的結論。

也是不再徬徨的唯一定論。

「知道了，我這就去將阿大找出來。」稍久，柳阿一才出聲回應了殷宇。「能聽到你這麼說，不只是我，相信阿大也會很高興的……因為我們本來就是被命運選上的夥伴啊。那，等會見了！」

用爽朗的聲音結束通話，顯示「作家柳阿一」的來電名稱便消失了。

「被命運選上的夥伴呀……」

殷宇將手機放下後，走回床頭櫃、拿起眼鏡。

「會說這麼戲劇化臺詞的人，真是寫小說的人呢，不過偶爾聽起來還挺不錯的。」

將眼鏡戴上、兩指輕壓鏡框，窗外的陽光終於灑進這間套房，然後明亮的落在殷宇此時微微揚起、重新散發自信的嘴角上。

△▽　△▽　△▽　△▽　△▽

今天是個好天氣，加上假日的因素，這家露天咖啡廳比平常還要多人、座無虛席。其中一桌客人凝聚了一種莫名氛圍，使得頭頂上陽光普照的好天氣也被他們壓了下去。

「柳──阿──一──」

來自這桌的其中一位客人，一手撐著下巴，充滿殺氣的眼神往下望，在修長的右腳邊有個男人正朝他跪拜。

「對不起啦對不起！因為難得有女孩子打電話來我還以為是以前哪個女友忽然想復合了，於是我就接了電話跟她聊了一會便不小心聊過頭……結果誰知道居然是詐騙集團！早知道不要接就不會遲到了！」

眾目睽睽下，正對著方世傑求情的人，天底下大概除了柳阿一也別無其他人了。

「根本從頭到尾都是你的問題吧？隨便哪個女人打去都以為是前女友嗎？看來我非踩醒你的腦袋不可！」

方世傑毫不留情的連續踩了幾腳在柳阿一身上。

「嗚啊啊！對不起對不起嘛阿大──」

不顧旁人異樣的目光，蚩壬出版社的知名作家柳阿一，現在正持續以拜媽祖的姿態向方世傑賠罪。

「方編輯、柳先生，你們若想要繼續下去我是不反對……不過請想一下我們到底是為了什麼而來到這裡。」

終於在這一刻，有第三者打破了沉默。

「那、那倒是……咳，如你所知，殷宇，造成一切現況的罪魁禍首都是柳阿一。」方世傑收起踩在柳阿一身上的腳後，身體轉正、面向殷宇，刻意的清了清喉嚨。

「所有的錯都是我的錯哦？明明一個銅板打不響……」

「吵死了，還想繼續被我踹嗎？」一聽到柳阿一的反駁，方世傑立刻扭頭過去怒瞪。

「……對不起，我剛什麼都沒說。」

為了性命安全著想，為了全天下女人的福利著想，作為一名受全天下女性歡迎（自認）的男人，柳阿一決定忍辱負重的委曲求全了。

「咳，能看到你重振精神真是比看到柳阿一每天還活著更有用，不過你也別想我會對你說什麼很肉麻的話，就像你所說的，我們三人再聚在這裡是為了說正事。」

方世傑將兩手肘放到桌上，十指交握，板起面孔正色的對殷宇道：「實際上，在你未參與我們行動的期間，我們找到了世界上唯一能夠打敗西法的驅魔人，卓格軀殼的封印之處……」

趁這個機會，方世傑很快的將前陣子發生的種種向殷宇說明，不管是與尤特．准格爾的接觸，還是再次遇上西法的事，方世傑盡可能的讓殷宇都了解清楚。

「總而言之，還是被勾魂冊之主奪走了……為什麼我下定決心回來後卻非得聽到這種消息呢？」殷宇皺起眉頭，兩指推了推下滑的眼鏡。

「話還沒說完呢，殷宇你就安分的繼續聽阿大說完嘛。」柳阿一跳出來回應看起來明顯不悅的殷宇。

「的確，在當時我們以為一切都完了，沒希望了，但是在所有人都回到我家後……由於這傢伙發現了一件事，事情有了出乎意料的轉機。」方世傑指了指旁邊像條大狗在等待主人指示的柳阿一。

一看到方世傑手指向自己，柳阿一便高興的對殷宇說：「嘿嘿，我可是發現希望之光的大功臣哦！殷宇你猜，我當時進到阿大的家中發現了什麼？」

「嗯，那柳先生你猜，你的截稿日還剩下幾天？」

「對不起我錯了，請當我什麼都沒說。」

被殷宇迅速反將一軍的柳阿一再次敗陣下來。

「總、總而言之，就是在那天我們先回到了阿大的家，進門不久我就像被什麼打到、靈光一閃，想起了一個東西——曾經在阿大家看過的一張老舊照片。」

柳阿一說到這裡，對面認真諦聽的殷宇一邊眉頭微揚。

「當時我記得，那張照片之前是放在客廳櫃子上，可是走到櫃子前卻沒見著，於是我改問阿大，那張看起來像是家族大合照、年代久遠的照片去哪裡了。」

「於是我就回答那傢伙，出國前我又整理了一次房間，便把一些照片收了起來。那時我問柳阿一找那張照片做什麼，想不到他拋給我的答案很令人吃驚。」方世傑接在柳阿一之後說道。

「到底是什麼令人吃驚的答案？」殷宇實在不喜歡別人吊他胃口。

「我跟阿大說——關於阿大靈力的來源解答可能就在那張照片中。」柳阿一臉色一沉，難得的板起了正經的表情。

「即使半信半疑，因為是從柳阿一這種人口裡說出來的話，所以可信度一定會打點折扣。不過我還是趕緊將他說的照片翻出來、拿給他看。」

「嗚，原來我在阿大眼中是這麼不值得信任的男人哦……」剛擺出正經的神色不過三十秒，柳阿一的臉又垮了下去，露出無辜受傷的小狗眼神。

「吵死了，你到底要不要讓我把話好好說下去？」方世傑沒好氣的白了一臉哀怨的柳氏小媳婦。

「是是是，方大人您說的都是，您請說、請說。」柳阿一再次懾服於惡勢力之下。

「結果，看到照片的柳阿一，當時用超誇張表情、震驚的指著相片裡其中一個男人對我驚呼——」

「『果真沒錯！這個人就是卓格！在地下墓園時我就在想卓格的臉怎會如此眼熟！』……我便是這麼和阿大說的。」柳阿一重新還原所謂的「超誇張表情」，一瞬間兩眼睜得又圓又大，張大嘴巴活像名畫《孟克的吶喊》。

聽到這裡，殷宇鏡片下的雙眼微微瞇起，若有所思。

「我馬上進行確認。旁邊聽到柳阿一聲音的溫徹斯特和尤特也都跑來一看，經過我們四人的親眼鑑定……這張照片裡的人的確是卓格，我們汲汲營營想讓他復活的最強驅魔人。」方世傑抹了抹臉，繼續說：「因此，這張照片證明了一件事——卓格正是與我有血脈傳承關係的先祖。」

「果然……是這麼一回事啊……」殷宇聽聞後，推了推眼鏡。他看起來不是那麼意外的原因，是由於在方世傑與柳阿一的闡述途中就已先猜到這種可能。

「切，殷宇你怎會反應那麼冷淡啊？我還以為會看到你這張撲克牌臉吃驚的神情咧！」柳阿一癟了癟嘴，期望落空。

「你當殷宇是你這種單細胞生物啊？他肯定是中途就先猜到結果了吧。」方世傑毫不留情的又潑了對方一桶冷水。

「嗯，總而言之，因為是血緣關係，方編輯之所以會有靈力，甚至具有陰陽眼，也就稍微解釋得通了。」殷宇很冷靜沉著的拄著下巴，「不過，這和柳先生提起的轉機又有何關係？充其量是了解了方編輯的身世之謎吧？」

「NO、NO、NO……這個殷宇你就不懂了。」柳阿一閉著眼睛沾沾自喜，搖了搖他伸直的食指。

「突然說什麼英文啊笨蛋，明明英文破得跟什麼一樣。」方世傑又嫌惡的咋舌。

「就是要常練習才會增進功力嘛……不說這個了，話說當時由於小尚和尤特都在場，當他們知道阿大原來和卓格有這層關係時，他們說了一個為現況帶來希望的法子。」

「那就是以類似借屍還魂的方式，將卓格靈魂附身在擁有同血緣的我身上。」方世傑接在柳阿一之後，向殷宇道出了一個聽起來荒唐卻也是唯一可行的答案。

「方編輯，倘若這麼做……恐怕是有其危險性在的吧？」實際上聽到答覆的瞬間，殷宇的心臟用力的跳了一下。不可能不感到意外，只是他沒讓這份驚訝溢於言表，反倒是蹙起了眉頭，以語帶質疑與擔憂的口氣詢問。

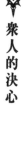

「唉呀，不愧是敏銳的殷宇，一下子就察覺到了啊……」眼看旁邊臉色沉下來的方世傑，柳阿一便尷尬的代替自家編輯回答了殷宇。

「沒錯……因為阿大再怎麼說仍是個活人，用借屍還魂……啊不，正確來說是借身體來還魂的方式本就有其風險性在。小尚和尤特說，像是會遇到契合度不夠導致雙方的靈魂受到損害，不過尤特又表示這點應該還用不著太擔心，畢竟是同血脈的傳承，比起隨便找個外人來擔當臨時借用的軀殼還要契合得多。」

「我猜，一定還存在著另一個風險沒錯吧？」殷宇挑眉一問。

「真不愧是刑警的直覺……你說對了，還有像是到時還魂後，倘若還魂對象後來不將身體歸回給阿大的問題……但是小尚和尤特都掛保證，以卓格生前磊落的個性，再加上阿大與他的血緣關係，這種事也是幾乎不可能發生的。」

「既然如此，為何方編輯仍是一臉陰沉的模樣？」

鏡片下的目光移向方世傑，在殷宇眼中的自家上司依舊是十指交扣緊握、眉頭深鎖。

「那、那是因為……」

「那是因為，在進行還魂儀式期間，不保證西法不會再出手干預，另外也有可能招來其他有心想報復卓格的惡鬼，其中不乏想將卓格後代一併消滅的對象。」

沒讓柳阿一再替自己發言，方世傑抬起目光，正視著殷宇並回答對方的問題，只是依舊不見方世傑舒展開眉頭。

「也就是說，方編輯為此很感到困擾……對此，我只有一句話想請問方編輯。」

殷宇將雙手環住自己的胸膛，部分袖子被擠出重重皺摺，似乎是貼緊了肌肉線條，呈現出微微的緥緊的狀態。雖然長著一張斯文的面孔，但經過刑警職業訓練的殷宇事實上有副好身材。

「方編輯，面對勾魂冊之主，你有無論如何不擇手段都要將之除去的決心嗎？」

面無表情的拋出問話，殷宇總是擦得光亮的鏡片被陽光側曬，折射出一瞬間的刺眼反光。

這一刻，露天咖啡廳這一桌的客人陷入沉默。

詢問者直視著被詢問者，目光凜冽；被詢問者身旁的旁觀者一臉擔憂，視線同樣集中到被詢問者身上。至於被詢問者，也就是當事者本人，拄著下巴，在前、側兩邊的人注目之下，緩緩的開了口：「……我想，我當然想。」

方世傑深深的吸了一口氣，陽光打在他烏黑、沒有半點染燙過痕跡的髮上，閃爍出隱隱的光澤。

柳阿一知道，阿大所言必無虛假，只是他也多少感覺得到，對方回答之前沉默半晌時的猶豫。

「只要有這份決心就夠了，只要你願意去執行也就夠了，方編輯。」

殷宇此時的話讓對面之人，無論是方世傑還是柳阿一都不解的看著他。

「其他的擔心和疑慮，就交給我和柳先生處理，方編輯到時就全然投入儀式之中吧。」

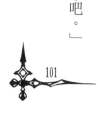

「欸？」

發出納悶聲音的人不是方世傑，而是柳阿一。

「等等！我都還不知道你在想什麼就先把我徵召進去了哦？」

「我的意見就是柳先生的意見，柳先生的意見不是意見。總之，方編輯你儘管放手去做，屆時我會和柳先生在旁擔當守衛，你的安危就由我們來負責。」殷宇信誓旦旦的說，認真的推了一下他的眼鏡。

「你來擔當守衛我沒有意見……但那傢伙也是左右護法的話，一點也靠不住。」

「可惡，阿大居然這麼說，那我、我就更要做好給你看！殷宇，快來加強特訓我！我要讓阿大那傢伙刮目相看啦！」柳阿一扭過頭去對著殷宇大吼，一邊直指著滿臉對他不以為然的方世傑。

「柳先生……我的特訓可是很嚴格的哦。」

殷宇又推了一下眼鏡，鏡片反光而看不清他的雙眼。

「嗚……我、我知道了啦！」從殷宇身上感覺到一陣陰冷氣息的柳阿一，先是掙扎了一會，隨後又握緊了雙拳大吼：「不管是什麼特訓都來吧！」

△▽　△▽　△▽　△▽　△▽

一般人聽到「特訓」兩個字，通常會聯想到怎樣的畫面？

對一個普通的專職小說家、男性、年齡自稱永遠十八少年家的柳阿一而言，「特訓」應該是在烈陽之下跑跑操場，做各種伏地起身、仰臥起坐，把自己曬得一身古銅色可以參加健美先生比賽……

別人他是不知道，柳阿一自己是如此認為的，畢竟到時恐怕也逃離不了戰鬥的可能，這些像是訓練國軍弟兄的項目，應當就是殷宇所說的「特訓」。

「柳先生，請別慢吞吞的，當初可是你向我請求進行特訓。」

黑夜之中，而且還是半夜時分，走在前頭的殷宇回過頭，冷冷的看向一臉寫著「我好後悔」的柳阿一。

「……請給我為何要到墓地裡特訓的十萬個理由。」

是的，沒有錯，柳阿一擺出了眼神已死的目光回應殷宇。

為什麼特訓會在三更半夜到墓園中進行啊？

出發之前，殷宇還跟他說什麼「今晚不會讓你睡哦！」這種曖昧不已的話，他完全不曉得殷宇的葫蘆裡究竟賣的是什麼藥！

「你在說什麼呢，柳先生。一個理由就夠了，因為我們即將對付的敵人不是活人，而是各種死人，來墓地裡挖掘一些標靶回去射擊練習，才是最對症下藥的特訓不是嗎？」

「敵人基本上是幽靈吧？用不著真的挖死人回去開槍訓練吧！」

雖然乍聽挺有道理的，但是不是有什麼嚴重的誤會啊？

「柳先生好天真呢，說不定也會有喪屍一樣的惡鬼呀，一個接著一個搖搖晃晃的來到你的面前，被咬上一口就要成為他們的同類……呼呼。」

「拜託你別烏鴉嘴！你是殭屍片看太多吧！還有最後『呼呼』兩聲聽起來很興奮啊！你是變態嗎！」

真是好久沒對殷宇一鼓作氣的吐槽了，柳阿一的吐槽魂重啟燃燒中。

「因為只要想到能近距離觀察碰觸屍體就……呼呼呼。」

「……我說真的，拜託你之後找一天去掛個精神科吧，算我求你了。」而且奇怪的呼氣聲還增加為三個，就某方面來說，這傢伙可能跟西法一樣危險啊！

柳阿一扶著額頭，滿臉無奈，但看殷宇的樣子似乎還沒打算改變主意。

「喂喂，你真要執意這麼做嗎？」越想越冷汗直流的柳阿一問。

這種專業的開棺任務，麻煩交給隔壁棚的盜墓系列主角們去做吧，他柳阿一不過是個驚悚小說家傷不起啊！

「嗯……那好，就改變一下特訓方式吧。」

殷宇好像很依依不捨的放棄了原本的計畫，轉而對柳阿一說：「再往裡頭走，就是這座墓地傳說中最多鬼火出沒的區域。柳先生，待會請你拿起配戴在身上裝有鹽彈的槍，將鬼火視為當天可能出現的敵人進行瞄準射擊。因為就如同你所知，那些惡鬼通常是形體飄忽不定的魂魄狀態，鬼火雖然不是真正的靈體，但以捉摸不定的狀態來說，已經很足夠當練習對象。」

「啊，原來如此……不對，能想到用鬼火當練習對象的也只有你了！」柳阿一先是露出心領神會的表情，隨後回神過來立即吐槽殷宇。

「這把槍給你，已經填充好了鹽彈；另外，這是預備的另一個彈匣，因為我想以柳先生的程度得練習很多次。」

「看不起我到直接講出來也不覺得彆扭的程度啊……」

柳阿一的嘴角微微抽搐，不過還是從殷宇手中接下了裝備，一把改造手槍和裝有鹽彈的彈匣。

「好了，現在就來進行練習吧，反正都被你這傢伙逼到這種地步了。」

柳阿一拿起槍，開始瞄準飄浮於半空中的青藍色鬼火。原以為鬼火很好打中，看起來移動緩慢且目標明顯，孰料鬼火比起實物更加飄忽不定，常常在柳阿一自以為對準焦距、扣下扳機的剎那又轉瞬消失，平白浪費一顆又一顆的鹽彈。

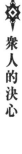

「該死，這些鬼火怎麼比以往有人形的阿飄更難打中啊？」柳阿一邊抱怨，邊慢步走動追蹤下一個目標。

「那是因為柳先生你並沒有抓到訣竅，而且就目標面積來說，鬼火的確比人形的鬼魂更加難以命中。」殷宇冷眼看著柳阿一皺眉練習。

「切，你在旁邊說得可容易啊，有種的話你也來試試看啊！」受不了殷宇的冷言冷語，柳阿一邊開槍射擊、一邊不悅的道。

「那就由我親自為柳先生示範一次。」

冷不防就從柳阿一後方將槍奪走，一手握住槍柄，殷宇的另一手推了一下眼鏡，鏡片當下折射出凜冽的冷光。

「首先，要將精神全數集中在你的目標上。」用毫無起伏的嗓音說道，殷宇伸直了舉槍的手，對準前方一團忽明忽滅的鬼火。「抓住它消失前一秒的契機，扣下扳機。」

「砰！」

響亮的槍聲響起，在白色的鹽彈射出的剎那，在殷宇身旁的柳阿一親眼目睹鬼火被命中、轉瞬消失的畫面。

柳阿一看傻了。

這是怎麼回事？為什麼殷宇那傢伙就可以輕而易舉——還可以很帥氣的命中目標啊！

刑警資歷犯規啦！

「鬼火當靶子比想像中有趣呢……呼呼……」

開了第一槍後，殷宇繼續尋找下一個冒出的鬼火，在旁的柳阿一看了面色轉為鐵青。

不妙。殷宇這傢伙不僅嘴角微揚，又再次發出奇怪的呼氣聲了，絕對是玩上癮了——這明明是他的練習時間耶！

「第三個……第五個……第九個……」

果真如柳阿一所想，殷宇已經自顧自的沉浸在拿鬼火開槍的新鮮娛樂（？）中，想必是將本來的初衷忘得徹底了呀。

「喂喂，我說殷宇你夠了哦，要是你都把鬼火清光我還練什麼？」

柳阿一才這麼一說，在前頭的殷宇忽然停下射擊，像是臨時想到什麼喃喃道：「聽你這麼一說……我突然想起了這座墓園的一則傳說。」

「什麼傳說禁忌啊？」

……不好，他柳阿一有種不祥的預感。

殷宇托著下巴，陷入沉思一般認真的答：「好像是聽說，一旦這座墓園內的鬼火都消失，墓園中的鬼王就會出來作亂……」

「這麼重要的事為什麼不早說！」柳阿一握拳大吼，因為現在環顧四周，這個墓園內的鬼火都被殷宇滅光光了啊！

「別這麼認真嘛，柳先生，說不定只是迷信的傳說罷了。」殷宇淡然的聳了聳肩。

「哦，對、對呀，只是迷信而已，迷信而已嘛……迷信個頭！前方傳來騷動聲了啊！」

前一秒還在自我安慰的柳阿一，下一秒就看到前方的一座大墳上聚集起詭譎青光，地面上的土壤似乎正如湧泉般噴動，最後「刷」的一聲有什麼東西從地底下跑出來了！

「原來如此，不是迷信的傳說呀……呵呵。」

「呵呵你妹啊！你還笑得出來啊！鬼王出來都是你害的耶！還不快想辦法？」

柳阿一真想把眼前這傢伙綁到鬼王面前請求原諒，吵醒鬼王大大的是這個名叫殷宇的男人，拜託就饒了他柳阿一的小命吧！

「嗯，那就逃命吧。」

「哈啊？」

柳阿一後悔浪費口舌之力要這傢伙想辦法了，他都忘了殷宇的思路是外星人等級！

「只是逃命的話還用得著你想啊！」

眼看那團青光匯聚得越來越大，柳阿一腦袋中的警鈴系統嗡嗡作響，下意識的控制他的雙腿要往回程方向跑。

「啊，那個鬼王真是特別呀，它先是形成一個體型龐大的惡鬼模樣，看到柳先生試圖逃跑後，似乎召喚出許多小鬼要來追擊我們呢。」

「拜託你不要用不關己事的口氣報告現況好嗎？我們可是共搭在同一條船上啊！」

而且還把過錯說得是他一手造成似的，殷宇這傢伙是有沒有這麼不講理？早知如此，當初就讓他繼續關在家裡耍自閉別出來了！

柳阿一越想越生氣，但既然都聽到殷宇的實況轉播，他還是加快腳步和雙手的擺動速度，速速衝回車上，然後駛離這裡吧！

「柳先生。」

「幹嘛！」

柳阿一不悅的扭頭看向跑在旁邊的殷宇，發現對方雖然好像一點也不怕鬼王現身，可是拔腿就跑的速度卻根本不輸別人啊。

「請接住。」殷宇說完，突然將裝有鹽彈的槍拋給柳阿一。「現在就是驗收練習成果的時候。」

「現、現在？」

柳阿一一瞬間以為自己聽錯了，一定是有耳屎塞住自己的耳朵了，嗯，絕對是聽錯了吧——不然怎會有個無良的傢伙表示要驗收成果？

「是的，就是現在。柳先生，現在就全靠你了，我手上沒有槍，柳先生可得好好保護我才行哦。」

「把槍丟給我再叫我保護是哪一招？我才不幹！」

「嘴巴上說不要，身體倒是挺誠實的呢，柳先生，你已經在更換彈匣了。」殷宇的嘴角微翹，鏡片下的狐狸眼瞇了起來看著柳阿一。

被殷宇這麼一盯和言語刺激，柳阿一也只好煩躁的大喊：「煩死了你這腹黑眼鏡——逼我上梁山就是！」

牙一咬、回過身，柳阿一開槍射擊就快追上來的其中一隻白色鬼魂。

槍聲連響，硬著頭皮上的柳阿一根本無法如願的射中目標，一隻隻伴隨憂傷或淒厲哭聲的幽靈不斷襲來，一張張可憎的面目讓柳阿一越看越頭皮發麻，可他手裡的槍像不聽指示，鹽彈射出卻頻頻落空、白白浪費。

「柳先生，雖然亂槍打鳥是一種戰法，但是提醒你，倘若第二個彈匣也清空的話，可就沒能補充了。」殷宇邊閃躲突襲而來的幽靈，邊面無表情的對柳阿一提出警告。

殷宇有發現一件事，過去自己那聽說重到不行的八字，使他長年無緣好好和這些鬼界人士真實的面對面，但自從和柳阿一等人接觸頻繁後，現在的他也能夠清楚的用肉眼看到這些靈體，對他而言這不得不說是最大的收穫。

「既然如此為何不把槍拿去？你的槍法絕對比我準吧！為什麼還要我來進行攻擊？要驗

收成果也用不著把命賭上吧！」柳阿一先是趕緊蹲下、閃過迎面撞擊的幽靈，不忘對著旁邊同樣一起逃命的殷宇大喊。

「柳先生，看來你還不了解情況呢。」一邊繼續往回奔的殷宇，鏡片下的目光冷冷朝柳阿一方向一瞥，「你以為，在這之後我們遇到的狀況會比現在好嗎？你以為，當對手變成西法之後，我們還能像現在這樣有充裕的對話時間嗎？」

「唔……」耳聽殷宇再肅然不過的話語，眼看殷宇投射而來的冷冽視線，柳阿一的胸口緊緊一縮。

「如果你也想和勾魂冊之主正面對決，那麼請用你的力量解決眼前這道關卡——相較之後的決戰，這不過是小菜一碟。」

「殷宇！」

殷宇話音落下，就在這剎一那，後頭一道攻擊冷不防襲向他！

眼睜睜目睹只有面孔的幽靈猛然撞上殷宇，當場使得殷宇一個踉蹌倒地，雖然柳阿一當下很快將襲擊殷宇的幽靈除去，也無法改變殷宇受了傷的事實。

「可惡，你們這些該死的阿飄……糟糕，差點忘了，你們早就死透了而是該滾回去地獄！」

眼看殷宇受了傷、狼狽的從地上爬起來，柳阿一心底除了憤怒外還湧上一股自責。

——倘若自己中用點，殷宇就不會受傷了。

柳阿一深吸一口氣，他不能再猶豫不決，為了能夠跨越目前的難關，更是為了往後將與西法對決的那天，他柳阿一，絕對要變得更強！

「砰！」

槍聲乍響，然而這次的子彈不再落空。咬緊牙根、提醒自己不能害怕，專注精神的柳阿一終於打退其中一個目標。

緊接著，子彈接連射出，柳阿一的雙眼對準目標，手指則配合的扣下扳機，一次次的命中和越來越上手的感覺讓柳阿一知道，他終於抓到了訣竅。

摀著因為跌倒而受傷的左手，一旁的殷宇看到柳阿一的變化，看著眼前這名平常略顯輕浮不可靠的男人……現正咬著牙關、眼神越見專注冷靜的柳阿一，殷宇沒想到自己真會有在此人手下被保護的一天。

殷宇的嘴角在柳阿一未發覺下微翹，看來他所要驗收的成果，已經達到了預計的期望……

現在，就是快快和柳阿一一同撤退，跑回車上為當務之急。

「柳先生，就麻煩你邊掩護邊撤退了！」

「收到！」

柳阿一大聲回應，他讓受傷的殷宇先走、自己持槍殿後，狀況雖然危急，卻因柳阿一越發得心應手的槍術而有了一線生機。在此之後皆彈無虛發，由鬼王身上分裂而出的靈體也逐步減少，柳阿一對於自己突飛猛進的槍法產生信心，振奮的他甚至認為憑靠這股氣勢，要將鬼王打倒也並非空想。

「好，就來試試看吧——啊咧？」

正當柳阿一帥氣的旋過身、打算往鬼王之處一鼓作氣衝去決一死戰，中途卻聽到清脆空洞的喀擦聲。

「不會吧！這麼剛好沒鹽彈了？」柳阿一看著自己手上連續扣扳機都沒反應的槍，傻眼的張大嘴巴。

「你在犯什麼傻呢，柳先生，不是早跟你說過鹽彈數量有限嗎？」跑在前頭的殷宇聽到柳阿一驚呼，回過頭對著柳阿一蹙眉說道。

「嗚，我還以為能夠趁這個機會一舉消滅鬼王……」柳阿一沮喪的頹下肩膀，哀怨的看著手中這把沒了鹽彈等於就是玩具的槍。

「沒時間讓你難過了，柳先生，在你垂頭喪氣的時候鬼王已經追了上來……鬼王站在你後面，它看起來非常的火大。」

殷宇壓低的嗓音聽來有股莫名森然的感覺，但當柳阿一循著殷宇的視線往後看去……看到已化為巨大青色火炎骷髏頭的鬼王，那才是最令柳阿一毛骨悚然的事。

「鬼、鬼鬼王變身了！」

記憶還停留在模糊未成形的巨大靈體印象上，當下見著鬼王新姿態的柳阿一，像個手足無措的小學生發出尖叫……明明三十秒前還想當英雄的念頭都蕩然無存了。

「似乎是柳先生將鬼王的屬下或孩子們消滅殆盡的關係，鬼王看起來特別想要你的命呢，真是倍受重視呢柳先生。」

「拜託你別用那種嫉妒又羨慕的口氣說這種話！我一點也不想被鬼王重視！」

柳阿一即使死到臨頭還是會反射性的吐槽殷宇。

「總之，現在沒鹽彈也不能反擊……柳先生，請你將就一下吧，我會為你祈禱的，不管生前或死後。」

「將就你個頭！別亂詛咒我死啊！說到底今天會發生這種事還不都是你害的！」

看著殷宇率先跑離，在後方的柳阿一邊加快速度逃命，也不忘奮力的吐槽。

他們開來的車已經進入殷宇的視線之內，殷宇冷靜又迅速的從口袋裡掏出鑰匙，忍著左手的傷痛，將車門打開後坐上駕駛座，發動引擎的同時看了一眼墓園的方向。柳阿一目前仍和車子有段距離，追在後頭的骷髏頭鬼王則與柳阿一相距不遠，於是殷宇當下立即做了一個決定。

殷宇先是爬過椅背、將後座的車門打開，再回到駕駛座發動引擎後，便將油門踩到底，同時方向盤用力一轉，車輪頓時發出一陣刺耳尖銳的摩擦聲，以高速甩尾之姿來到柳阿一的所在。

「快上車！」殷宇對著奔跑中的柳阿一大喊。

「唔！」

牙一咬，沒有片刻猶豫的時間，柳阿一儼然豁出去的往車子方向縱身一躍！

「咚！」

當屁股發出與車椅狠狠相撞的聲響後，柳阿一反射性的立即關上車門，對著前頭駕駛座上的殷宇喊：「快！快開車！」

「不用柳先生說我也知道，坐穩了！」

車輪急轉聲、油門催促聲，震耳的聲音交織於空氣之中，殷宇手握著方向盤又是使力一轉，車身一個猛然回旋，便加足馬力往墓園的反方向直駛離去。

直到後頭再也看不見追來的鬼王，車內的兩人才確定他們逃脫成功。

「真是……差點就要沒命了……」

確定鬼王不再追擊後，柳阿一頓時全身癱軟，一點也不顧形象的臥倒在後座上。

「啊，對了，殷宇你的手不是受傷了？要不要換我來開？」突然想起殷宇有傷在身，柳柳阿一又坐起身來，關切的問。

「這點傷不成問題，開車我用一隻手就夠了……真沒想到柳先生如此體貼呢。」殷宇透過後照鏡將目光對上柳阿一，鏡片之下的狐狸眼微微瞇起含笑。

「少來，別戲弄我了，我是真的關心你啊，當時看到你因為我的軟弱而跌個踉蹌……我有多自責你知道嗎？」

咕噥著把話說出口後，柳阿一這才意識到自己說了多麼令人害臊的事，把自己方才的怯弱和無用都暴露在殷宇面前。如此一想，柳阿一更覺得不好意思了，他彆扭的將雙腳收到車椅上、將頭埋進屈起的雙腿間。

「……我都知道，我都看在眼底。」殷宇一邊開著車，駛在無人的深夜之中，一邊用難得輕柔的嗓音回應對方。「柳先生剛才的表現，雖然稱不上英勇，可是我看到你最真實的蛻變。」

車內除了殷宇的聲音以外就只有車子引擎的運轉聲，別無其他，因此殷宇的聲音顯得格外嘹亮。

特別是聽在柳阿一耳中。

「我看到你起初的不以為然，再看到你內心的掙扎，最後見著你下定決心的表現……老實說，我覺得短時間內能做到這種心境轉變的柳先生，很令我刮目相看。」

「殷宇……」柳阿一這才緩緩的抬起頭，只露出雙眼偷偷的注視著前方的殷宇。

「所以我認為，這次的練習很成功，因為在柳先生身上……我看到了你已具備足夠面對未來的勇氣與資格。」

殷宇這麼說著，語氣裡沒有平時總愛捉弄人的戲謔，雖然平淡，卻有著再真誠不過的心意。

「嘿、嘿嘿……」這個時候，柳阿一像是傻笑了起來。「我啊，不知道為什麼，聽到你對我這麼說，居然會感到特別高興呢。嗯，一定是你平常講話太討人厭的關係。」

柳阿一不再屈膝埋頭，他已變回正常的坐姿，一手拍著後腦勺，爛燦的露齒微笑。

「什麼討人厭的話呢，我平常所說都是事實哦，柳先生。」

「嗚哇！你看又來了，這就是你平常說的討人厭的話！」

於是，車內的兩人繼續吵吵鬧鬧下去，卻讓他們兩人有了——一份感謝自己還活著的踏實。

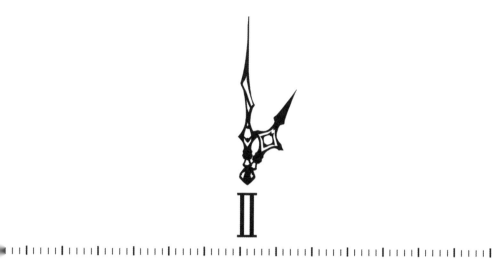

Ⅱ

時間開始倒數

直到現在，西法仍舊不習慣愛丁風堡內的氣味，潮濕且充滿霉味，多處角落有著腐爛的臭味，緊閉的門窗讓這些味道散不出去；年代久遠又未曾修繕過的建築本身更是時常漏水，對於講究整潔和環境品質的西法而言，愛丁風堡是個不及格的住所。

西法並非真正熱衷於殺人取命、享受腐爛屍體之人，一路以來的所作所為都是為了成就他的目的。坦白講，他更喜歡整潔舒適的環境，以及優雅的處事生活，因此他是打從內心不喜歡這座愛丁風堡——更不喜歡這座城堡的主人，審判者格蘭沙。

明明那般注重外表穿著，卻放任自己的居所被歲月消磨，每每想起格蘭沙那過於妖豔的容貌和舉止，西法只覺此人真是華麗得可笑。

來到愛丁風堡已有三天時間，西法之所以不辭千里、甚至在此之前還大費周章進行各種準備，全都是為了籌辦「鬼皇」的登基儀式。

「鬼皇」，顧名思義即是鬼界中最為強大的領袖人物。

自上一屆「鬼皇」退位以來，空缺狀態已有數百年之久，期間有多少如同西法一般的人物想要角逐，卻因無法通過「罪之輪盤」的認證而未有人如願登上。

「罪之輪盤」由審判者格蘭沙持有，歷代鬼皇皆由他的「罪之輪盤」許可，因此格蘭沙才有了「審判者」之稱。

所謂「罪之輪盤」的認證，即是需要七名自願出賣靈魂的人類，分別代表人類的七宗罪，放在「罪之輪盤」七個轉軸上，倘若通過「罪之輪盤」認可，登基當天便需要活生生的人魚之軀，將之獻給「罪之輪盤」作為酬謝祭品。

七宗罪的靈魂，西法早已透過勾魂冊的交易獲得，在來到愛丁風堡之前沒多久，他也才剛收集完剩下的「傲慢」與「憤怒」……

現在，他之所以得待在愛丁風堡內，忍受周遭不堪入目的破舊，都是由於「罪之輪盤」認證需要花上至少七天的時間。為了等到結果，西法才不得不待在這個一點也不願久留的地方。

三天下來，不時浮現於西法腦海的，是入城當天就被阻隔在外的卑以亞。他想起卑以亞當時目送自己遠去的神情，是那般的憂心忡忡，好似被母鳥所棄離的雛鳥……讓西法在想起她時，有那麼一瞬間心生久久未有過的悲憐。

然而，即便是西法也不了解，這座古堡之所以將卑以亞區隔在外，全是由於城主格蘭沙之故……

夜色深沉，愛丁風堡內的一隅，身為這座古堡的城主格蘭沙正慵懶的躺臥在一張牛皮長椅上，將塗有深紫色的指甲輕劃、挑逗著索恩脣邊。

索恩，陪伴格蘭沙度過漫長歲月的人造人，由格蘭沙親自用鍊金術培育出來的人種，有著集格蘭沙所有喜好於一身的特色，身材高大而壯碩，膚色呈現具光澤的蜜色，精雕細琢的五官搭配著一抹淡淡的憂鬱氣質，還有凡事都順從的個性，全是曾經作為一名天才鍊金術師的格蘭沙所授與。

索恩究竟陪在格蘭沙身旁有多久的時間？

太長、太長了，無論是索恩或者格蘭沙都已遺忘，如同現在性別對於格蘭沙而言也不再重要且模糊。

「索恩，你知道吾最討厭什麼嗎？」

格蘭沙抬頭看向坐在自己身旁的索恩，在對方的目光中尋求答案。

「回大人，您最討厭女人。」

索恩那對無神空洞的綠眼，眨也沒眨。

「呵呵呵……沒錯。尤其是……打從吾一出生就試圖將吾掐死，最後卻選擇將吾遺棄在魚市場的那個女人……最為厭惡。」

格蘭沙將頭埋入索恩懷裡，皮笑肉不笑的訴說起自己的往事。只見他手一舉，前方簾布被拉開……那是一座用透明玻璃打造的小密室。

一名女人動也不動的待在密室之內，只有微弱的喘息傳出。

玻璃屋之內，那名臉色蒼白、神色慘澹的女人被綁在一個立起來的木輪之上，四肢伸展，身體平放在輻條和輪軸上。她似乎遭受了各種折磨，四肢看起來已被重物砸碎，兩條胳膊和腿都被折斷好幾處，模樣慘不忍睹。

「這次的刑罰……喜歡嗎？應該是喜歡的吧？因為妳看，都維持這副模樣好一陣子了。」格蘭沙坐起身，一手撐著頭，嘴角微翹、邪邪的笑看前方正受到不人道酷刑的女子。

「放……放過我吧……格蘭……沙……」密室之中的女人有氣無力的求饒，身體不時因為承受不了劇痛而抽搐。

「放了妳？妳是在開玩笑嗎？」格蘭沙咯咯的笑了。

「那麼……至少……殺了我吧……夠了……我受夠了……嗚……」

女人用低啞的嗓音發出啜泣聲，但實際上她一滴眼淚都流不出來，早早就流乾殆盡，在她漆黑的雙眸中，只有絕望、絕望——還是絕望到一心求死。

格蘭沙深吸一口氣，沉著臉對玻璃之內的女人道：「不夠……不夠……遠遠還不夠！這些折磨對曾想殺了吾、將吾丟棄的妳而言，這遠遠還不夠消除吾對妳的恨！」

語畢，格蘭沙彈指一聲，兩名頭戴麻布、只露出黑漆漆眼珠的男人走進密室之中。

「行刑！」

格蘭沙一聲令下，兩名執刑者立刻動作，一人用力撬開女人的嘴，另一人則拿起一條水管、轉開水龍頭，接著狠狠的將強力水柱灌進女人口中，這樣的刑罰持續了快五十秒之久。

慘絕的哀號與掙扎聲頓時奪出，然而這一幕看在格蘭沙眼底，只有激起他更多、更無法抑止的嗜虐快感。

△▽　△▽　△▽　△▽　△▽

「是，這個部分我會再轉交給作者知道……」

蚩壬出版社內，方世傑一邊用肩膀和臉頰夾著電話，一邊看著手裡的稿子，這陣子不時請假未來上班的他，一旦回到工作崗位上就忙得不可開交，無論是手邊其他作者的稿件、校稿以及書籍設計包裝，還得抽空出來與美編進行討論……但這些都不足以讓方世傑煩惱。

「方編輯，柳阿一這期的稿子還沒交出來嗎？都快過三校的時間了。」

另一名編輯從對面的辦公桌探出頭來，在她臉上不難看出擔心的神色。

「不好意思，我會再催促那傢伙交稿的……我會讓他至少趕在送印前交出來。」

方世傑向對面的女編輯欠身以示歉意。現在，方世傑滿腦子都是對柳阿一的恨意……沒錯，讓他還得鞠躬向人道歉這筆帳，絕對要向該死的柳阿一討回來！

整天懷著對柳阿一的怒氣，使得方世傑的表情更為難看。平常已不敢招惹他的同事們，今天更是戰戰兢兢、能躲則躲，一看到方世傑好似撞見瘟神一樣，即便方世傑有著一張在女性同仁中評價頗高的英俊臉蛋，也無法讓這些女性同胞在今日敢靠近方世傑一步。

蚩壬出版社上至老闆，下至打掃廁所的歐巴桑都心知肚明，能惹方世傑如此臭臉的原因只有一個。

「一定是柳阿一吧……不會錯的……柳阿一這下死定了……」其中一名編輯部同仁，面帶惶恐的對著隔壁女同事說。

直到下班時間，方世傑雖然神色讓人恐懼，但他的辦事效率也是令人恐懼的原因之一，不到一天時間就將這陣子累積下來的工作都完成……當然，除了柳阿一的稿子以外。

「方、方編輯，辛苦了，那、那個柳阿一的稿子就拜託你了……抱歉打擾了！」一名準備返家的男編輯經過方世傑身旁時，再次小聲怯怯的提醒著，隨後也不等方世傑的回應就立刻夾著尾巴逃跑。

「喂，我什麼都還沒說，有必要怕成那樣嗎……」

方世傑連將人留住的時機都沒有，就見對方逃之夭夭的離開自己的視線範圍。

方世傑深吸一口氣，再次定奪了一件事：總之，這一切都是柳阿一的錯！

「無論如何，今天一定要那傢伙先把稿子寫出來才行……！」

說到一半，手機鈴聲響起，方世傑拿出手機一看，螢幕上的顯示名稱是：柳阿一。

方世傑眉頭一皺，沒好氣的接起來電：「柳阿一，你還有臉打給我？稿子呢？這一集的稿子呢？在你回答我這個問題前什麼都別想說！」

「呃……我說阿大……稿子和西法的事你要選哪個？」

手機另一頭傳來柳阿一吶吶的聲音。

「別想拿西法的事當拖稿理由！」

「欸，被發現啦？咳，不對，其實我是要來通知你，關於西法，小尚和尤特有要事要告知我們。另外，還有一件當務之急……」

「什麼當務之急？最好有比你的稿子快開天窗急！」

其實方世傑有稍微動搖，但他還是用強硬的口吻回應柳阿一。

「那個——小尚說，今晚是難得的什麼至陰月圓之日，若想用之前說的方法讓卓格現世，就只有今天這個機會了。」

柳阿一話音落下，方世傑一愣，因為他頓時陷入了天人交戰的兩難局面。

「喂？阿大？阿大你有聽到我說的話嗎？」

「可惡……稿子和西法……稿子和西法……稿子和西法的事要我怎麼選擇啊！」

在柳阿一看不到的狀況下，方世傑一手抱著頭，發出了痛苦的掙扎聲，旁邊準備下班的同仁們，一時間都對方世傑投以側目。

「不妙啊……方編輯好像快被柳阿一折磨出病來了……方編輯沒問題吧？」

於是乎，從這一天這一刻起，方世傑在蛗壬出版社的流言又多了一個。

△▽　△▽　△▽　△▽　△▽

循著柳阿一在電話裡告知的地址，來到位於市郊區一棟別墅的鐵欄杆大門前，方世傑有那麼一瞬間認為自己會不會被柳阿一騙了。

「這座豪宅就是今晚集合的地點？」

抬頭看看矗立在眼前的這棟別墅，大門之後是一片占地面積大的高雅花園，要不是現在已入夜，白天看起來這座花園肯定是五彩繽紛、花團錦簇、色彩豔麗的美好模樣；銜接在花園之後，就是那座建造得相當霸氣堅固的別墅。

外牆是用最好的大理石堆砌而成，外觀設計上充滿氣勢卻也帶有典雅，無論從哪個方面看去，方世傑都會認定這棟建築絕對價值不斐，然而，這種高級住屋居然會從柳阿一的口中說出……這有可能嗎？

這個時候，手機鈴聲又響起，方世傑接通之後便聽到柳阿一的聲音。

「喂，阿大，你現在人就在大門外對吧？我在樓上看到你囉，門沒鎖，你快進來吧。」

說完，手機另一端之人便掛斷通話，只留下板著一張難以置信臉孔的方世傑，面對著前方這棟豪宅。

「還真的是在這裡集合啊……」

搖了搖頭，不願再多想的方世傑往前踏出一步，推門而入。

經過美麗的花園，來到別墅的門前，很少來到這種高級住宅的方世傑略微緊張，在外脫了鞋後就進到屋內。

「你可終於來啦阿大，我們都等你好久囉。」

一進門就見到今天讓方世傑怨恨一天的對象，柳阿一正敞開雙臂來迎接他。

「給我滾遠點！別以為今天我就會放過你和你的稿子。」方世傑閃過柳阿一熱情的歡迎，回頭用凶狠的目光瞪了對方一眼。

「啊哈、啊哈哈，阿大真是的，我們不是說好今天是來進行大事的嗎？稿子這種小事就先放到一旁去……」起先還故意裝笑的柳阿一，隨後又被方世傑以殺人視線掃射後，便將聲音吞了進去、不敢吭聲。

「快說，你們說要告知的事是什麼？我可沒閒工夫跟你們耗下去，還得逼這傢伙在明天破曉前生出稿子給我。」

走到如同別墅外觀氣派的大廳後，方世傑沒多欣賞廳內的裝潢，只有將目光鎖定在另外三人——尚・溫徹斯特、尤特以及殷宇身上。

「是這樣的，方編輯……」

「讓本公爵來說明吧，殷宇。」打斷殷宇的話、以人形之姿站了出來的尚．溫徹斯特，轉而面向方世傑的臉，表情凝重。

「本公爵已經得知西法那傢伙的目的了。」

尚．溫徹斯特話音一落，對面的方世傑表情一怔。

「西法他，打算成為新一任的鬼皇，本公爵在鬼界的朋友傳來消息，說西法似乎已到執行鬼皇登基儀式的歷來地點『愛丁風堡』了。」

尚．溫徹斯特繼續說下去，方世傑的表情就越是沉重，不單是他，旁邊柳阿一等人的臉色也好不到哪去。

尚．溫徹斯特解釋了鬼皇登基儀式，以及所需要的「罪之輪盤」認證，還有登基當天必須獻上「塞特迦拉」——也就是目前殷婷化身的人魚作為獻祭品。說到最後，殷宇的表情是所有人中最為難看的。

「然而，『罪之輪盤』的認證需要最少七天時間，本公爵推測目前已行進到第四天……也就是說，若要阻止西法和拯救殷宇之妹，只剩下大約三天的時間。」尚．溫徹斯特沉著臉，道出與他表情相呼應的殘酷現實。

「所以我們沒時間可浪費了，諸位。」尤特從沙發上站起身，對著在場所有人道。

「目前唯一可行的方法，就是讓卓格以類似借屍還魂的方式現世，才有機會打敗西法。當然，我尊重方先生你的決定，先前已說，這多少有它的風險在，倘若你不願意的話也不勉強。然而，今晚恰好是月圓至陰之日，便是最適合施行此法的時間，錯過今晚，法術的成功率亦會下降。」尤特將目光轉向方世傑身上，語重心長。

其他人也將視線紛紛移到方世傑這邊，屏息或凝神的等待他的答覆。

「哼，這還用得著問嗎？」冷哼一聲，方世傑不以為然的聳了聳肩，「答案──當然是一定要打敗西法和救出殷婷，不是嗎？如果我因為害怕可能的風險而退縮，至今為止我們的努力又算什麼？」

沉著而無懼，眼神亦如同他的語調，方世傑此時展現出來的氣魄著實讓人肅然起敬。

「阿大……我忽然覺得你好帥哦……真是帥慘了耶……」柳阿一對方世傑投以欽佩的目光，雙眼閃閃發亮。

「少噁心了，別以為這樣我就會放過你和你的稿子。話說回來，既然我已決定，那就快點執行、事不宜遲。」方世傑先冷冷的白了柳阿一一眼後，又回過頭對所有人道。

「那麼，現在就請跟我來，方世傑先生。當然，其他人亦是，待會都有工作要分配給諸位。」尤特向方世傑示意後，便和旁邊的公爵以眼神進行確認，之後就邁開步伐開始行動。

「等等，這口氣聽來，尤特先生是這間屋子的主人？」

「咦？阿大你不知道嗎？不過你也真傻耶，這麼昂貴的豪宅你以為我或殷宇買得起嗎？更別說做鬼的小尚了，當然只有超級好野人尤特買得起啦！」柳阿一湊到方世傑旁邊，訕訕的笑著。

「尤特先生是超級有錢人？」方世傑愣了愣，他怎麼沒聽說啊！

殷宇推了推眼鏡，看向方世傑：「方編輯，尤特先生可是身價上億的跨國企業總裁，當初也是他買下溫徹斯特的故居，難道你不曉得嗎？」

「誰曉得啊！」

連柳阿一那傢伙都知道，唯獨自己一無所知讓方世傑頓時火了。

搭乘室內電梯一路直通到頂樓，叮咚一聲，電梯門開啟，尤特率先走在前頭，柳阿一等人則跟在其後。

「這裡的風可比樓下大上許多呢。」

柳阿一微抬頭、閉上雙眼享受這迎面吹來的夜風，徐徐舒爽，若非懷抱一個重責大任來到此處，他真想在這裡烤肉賞月。

「就連視野也很好，附近沒有其他的高樓大廈遮擋。」

殷宇也跟著觀望四周，只要一仰頭就能看盡浩瀚無垠的夜空，今晚的月亮銀白無瑕，又圓又大，沒有半點雲層遮蔽。

「因為這裡是我千挑萬選的地方，執行儀式的最佳場所。身處越高處且越無遮蔽物，就更能吸收到月陰之氣，對接下來儀式的成功率大有加分。」

尤特一邊著手準備，繼續說：「因為還魂法術實際上屬於黑魔法的一種，目的是為了打開靈界之門、讓死者的亡魂從中而出，過程中則需要豐沛的陰氣，而月亮自古以來就是陰氣的最大生產者。」

旁人邊聆聽著尤特的解釋，邊看他彎著腰、以白粉筆觸地，繪出一幅占地面積頗大的五芒星魔法陣圖騰。

「現在，請方世傑先生站至這個魔法陣中央。」

「我知道了。」

繪製完成，尤特便轉身有請方世傑進到圖形複雜又詭異的魔法陣中。

本來還未心跳加快，但是聽了尤特的說明和看到這個魔法陣後，方世傑便稍微緊張起來，小心翼翼邁開他的步伐、站到尤特指定的中心點上。

「接下來要分配工作，諸位聽仔細了。」

清了清喉嚨，尤特正色的道：「首先，我的部分是站在魔法陣前方主持儀式，領主大人煩請您作為助手，以您本身的鬼魂陰氣加持魔法陣。柳阿一先生和殷宇先生則擔當護衛，魔法陣左右各一，若在施行期間有任何動靜或出現惡鬼攻擊，請務必保護好方世傑先生，因為在儀式期間，方世傑先生將是最虛弱狀態。以上，還有任何問題嗎？」

「沒有問題！」

柳阿一分外充滿鬥志的大聲回應，其他人也跟著點頭表示。

「很好，看在柳阿一先生如此精神抖擻上，不枉費我特地聘人做了某樣東西。」分配工作完畢的尤特，對於柳阿一熱烈的反應非常滿意。

「某樣東西？」

柳阿一納悶的問著，一旁的殷宇和溫徹斯特也都懷著疑問。

只見尤特從口袋中拿出一個遙控器按下，距離尤特不遠處的地方赫然出現升降梯裝置，鐵灰色的機體正緩緩的上升。

「柳阿一先生、殷宇先生，兩位請先過來一下。為了這一天，我事先準備了兩樣東西要給擔當護衛的你們。」

尤特走到升降梯前，打開一樣置放在其中的鐵製箱子，在柳阿一和殷宇來到尤特身邊時，尤特取出了一件讓兩人相當吃驚的物品。

「這、這是……！」

「全自動衝鋒槍和狙擊槍——這就是尤特先生你說要給我們的東西？」

柳阿一先是驚訝得舌頭打結，殷宇接在後頭將他們倆見到的答案說出。不僅僅是他們兩人反應訝異，就連未被點名的方世傑和尚．溫徹斯特也都意外的睜大眼。

「還、還真的是衝鋒槍和狙擊槍？等等，這種火力強大的槍械是要給我們的？尤特先生你沒在開玩笑吧？」

起先還有點懷疑，但聽了身為前刑警出身的殷宇說出的話後，柳阿一不敢置信的揉揉雙眼，他以為自己這輩子都不會碰到只有在電視上才會看到的槍枝！

「不，我沒在開玩笑，這是我旗下研發部開發的秘密武器，以使用鹽彈作為優先考量設計，但用起來會有自動衝鋒槍和狙擊槍的效能，而這兩把槍的鹽彈也是特製過的，目的就是要讓兩位提升應敵的戰鬥力。」

相較於柳阿一等人的驚訝，尤特的神情非常的認真，他將全自動衝鋒槍遞給了柳阿一，說：「柳阿一先生，考量到你較無作戰經驗，全自動機型較不需技術性，因此更適合你。」

「連這點都考慮到了啊……」

真不愧是能將事業做那麼大、領導一個跨國集團的男人，柳阿一不禁在內心這麼想，同時從對方手裡接下全自動衝鋒槍。

「沒想到這玩意還挺有重量的……」和平常所拿的改造手槍完全不能比，柳阿一覺得手裡這把衝鋒槍分量十足，讓他一時間很難調整習慣。

「狙擊槍則交給殷宇先生，因為你受過刑警的特殊訓練，也曾聽說你的槍法很準，因此就請你在遠處狙擊先發。」尤特接著拿起槍管長上許多的狙擊槍，轉而交給殷宇。

「了解。」簡潔有力的回話後，殷宇開始查看拿在手中的這把狙擊槍。

有了強力武器，槍枝本身的重量雖然讓柳阿一有些難以適應，但他的眼睛卻越發閃閃發亮。只要想到能夠用上這輩子以為都摸不著的衝鋒槍，他就超有衝勁，心想這下可以好好發揮前天特訓的成果。

殷宇則靜靜摸著狙擊槍，撫觸的方式猶如對待情人般溫柔。只是有那麼一瞬間，柳阿一在殷宇眼底看到可怕的精光。

「要拿來爆頭？還是直接貫穿心臟？關節部位一個個射擊好像也不錯……我的夢想就是拿著狙擊槍聽到爆頭瞬間血漿迸出的聲音啊……呼呼。」

就在殷宇說出這席話時，柳阿一非常確定自己沒有看錯——若與此人為敵，比跟惡鬼槓上更可怕！

「那個，不是我要潑你冷水，就算射爆鬼魂的腦袋也不會有血漿噴出吧……」

看到殷宇一副不予理會的反應，柳阿一心想自己真是白說了。

儀式準備開始，所有人員站定位置。在尤特執行之前，柳阿一回頭對著魔法陣中央的方世傑道：「阿大，無論如何我們都會保住你的安全，為了這一天我已先和殷宇進行過特訓，所以請你放一百二十個心吧！」

對上柳阿一的視線，方世傑聽了對方的話而微微一怔，而映入眼底的那抹笑容更是毫無保留，讓方世傑感受到真誠而毅然的心意。

隨後，在方世傑另一手邊的殷宇也對他說：「方編輯，我也一定會盡全力守衛，柳阿一不足的地方就由我補上。」

「哈，有你這句話的確讓我比較放心了。」

「喂喂，你們兩個是有多愛聯手起來對付我啊？」好不容易展現一下自己的帥氣，柳阿一沒想到就立刻被自家兩位編輯吐槽了。

「誰叫你平時給人的印象就是靠不住呢，平民。」尚．溫徹斯特也跳入戰局，對著柳阿一邪邪一笑。

在柳阿一繼續反駁的同時，唯一沒蹚這灘渾水的尤特莞爾一笑。就他旁觀的角度來看，雖然表面上是那幾人在欺負柳阿一，但實際上因為柳阿一的存在，頓時化解了原先即將進行儀式的緊張狀態，無論是方世傑也好、殷宇也罷，或者是尚．溫徹斯特，尤特都看出他們的情緒不再那般忐忑、緊繃或不安。

這也算是柳阿一本人都沒想到的一項優點吧，尤特如此認為。

隨即，尤特深吸一口氣，對著各自據守在崗位的人們道：「那麼，現在即將展開還魂儀式──準備好了嗎?各位!」

「哦!」

眾人集體答覆，其中聲音最嘹亮之人為柳阿一。

儀式開始，尤特咬破自己的食指，指腹朝向地面上的魔法陣落下一滴血，剎時一陣自地面而起的氣流大作，如同狂風颯颯吹著魔法陣內外之人。

「月陰之力，鬼靈之氣，聽我命令，幻化之鑰，速速開啟靈界之門──!」

尤特以震耳的吼聲強勢勒令，魔法陣發出詭譎的紫色光芒，照在柳阿一等人身上，自這一剎那起，在場所有人都聽到各種難以形容、森然恐怖的聲音不斷自魔法陣中傳出。

「卓格之魂啊，依循吾意，細聽吾聲，跟吾前來!」

尤特右手一揮，頓時方世傑所站之處像是開啟了什麼機關，地面忽然轉為不見底的黑暗深淵，以為方世傑就要掉下去之際，深淵內部忽然衝出一團黑色霧氣，將方世傑整個人騰上半空之中。

眾人眼中的方世傑此時雙眼閉合，騰空的身體鬆軟無力，尤特便立刻對守在旁邊的柳阿一和殷宇道:「現在進入靈魂交替的狀態，方世傑先生從這一刻起到儀式完成前，都會呈現昏迷狀態，請兩位務必要謹慎護衛，一旦敵人在這時傷及方世傑先生，哪怕只是輕微的傷害，都有可能讓方世傑先生致死，更將破壞卓格的魂魄，到時恐怕將失去兩個重要之人。」

「明白了，就交給我們吧！」

柳阿一出聲回應，同時握緊手中的衝鋒槍；殷宇則透過狙擊槍的準星，掃視周圍可能出現的異常。

在儀式進行期間，魔法陣發出的紫光不斷，氣流咻咻的聲音也不絕於耳。尤特和尚・溫徹斯特在儀式進行中皆無法離開本位，柳阿一和殷宇則凝神警戒，對現場意識清醒的眾人而言，現在是最為神經緊繃的狀態。

拿著狙擊槍的殷宇，這時將槍口對準自身的對角線方位。

「發現異常，立即清除。」

「什、什麼？」

柳阿一還未反應過來，殷宇已扣下扳機、朝遠處發射一枚鹽彈，下一秒就聽聞一聲淒厲的哀號，一團似人影的瘴氣在被鹽彈貫穿時煙消雲散！

「不、不愧是殷宇，好厲害……」

柳阿一愣愣的看著殷宇瞬間將敵人秒殺，他根本還來不及看清敵人的模樣，殷宇就先把人家滅了，這讓柳阿一再次大嘆自己實在不如人。

「柳先生，你還在發什麼呆？我只是盡到遠距離先發的責任，請你繼續提高警覺守衛近距離的戰區。」殷宇朝柳阿一冷冷瞥了一眼，繼續將目光鎖定在準星之中，執行他的工作。

「切，難得稱讚一下你居然是這種態度……」柳阿一癟了癟嘴低聲抱怨，但其實他了解殷宇所說沒錯，他應當專注守備而不是分散注意力。

自己分配到的崗位可說是最後防線，倘若敵人突破了殷宇那關，就是直衝他這邊，要是連他都沒能好好守住，阿大可就真的危險了！

意識到自己責任重大，柳阿一屏氣凝神的繼續巡視，心想既然已有敵人出現，那之後肯定會持續有人進攻。

柳阿一這麼想時，赫然發現前頭突然殺出兩名骷髏人形正朝他的方向快步走來。柳阿一欲提槍射擊，後頭又傳來「咻咻！」的鹽彈發射聲，搶先一步在骷髏人形靠近他時將之射倒。眼看被擊中的敵人化為一灘如被潑了王水的透明液體再蒸發殆盡，柳阿一雖然心底再次暗暗佩服殷宇的戰力，同時也提醒自己得更加努力才行。

一切到目前為止都很順利。

有了狙擊槍，作為先發攻擊槍手的殷宇，幾乎只靠他一人就將至今出現的敵人打退。柳阿一則略帶不甘心的抿著唇，可是隨即他心想這又有什麼好不甘心的？只要能讓這場儀式平安無事的完成，即使自己沒有做出半點戰功都無所謂。

當柳阿一這麼想時，後頭傳來殷宇緊急的叫喊——

「小心前面！」

聽見殷宇的疾呼，柳阿一猛然回頭一看，赫見不知從哪冒出來的紅衣女鬼張開血盆大口、朝自己的方向撲來！

「該死的女鬼！我不會讓妳接近阿大！」

扳機一扣，拿在柳阿一手中的衝鋒槍便強力掃射來襲的敵人，「轟轟轟！」震耳又連續的槍聲充斥眾人耳中，轉眼間，紅衣女鬼發出慘叫後便與硝煙一併消逝。

「呼、呼呼……」

第一次拿沉甸甸的衝鋒槍掃射敵人，儘管裡面裝著的不是真正的子彈，目標更不是血肉之軀的人類，柳阿一還是有了生平難有的震撼。

「柳先生，不好意思，剛是我一時沒察覺，才讓那女鬼跑到前線……」

消滅了紅衣女鬼後，背後傳來殷宇壓低聲音致歉的話語，柳阿一聞之，搖了搖頭，「幹什麼跟我說不好意思，我才要向你一時的疏忽道謝呢，要不是你一時分神讓一隻女鬼進到我的管轄地帶，我大概也無用武之地吧，哈！」

「……你果然很想逞英雄呢，柳先生。」殷宇用併攏的兩指壓了一下眼鏡的鼻橋，嘴角微翹。

「哈，因為總不能都讓你搶盡風頭啊。別說了，繼續專心守備保護好阿大吧！」

柳阿一重新提槍備戰，儘管平時拿筆謀生而較無力的手臂，開始因為衝鋒槍的重量發痠，但柳阿一仍精神奕奕的繼續下去。

因為和阿大說好了，絕對要保護住他。

也跟殷宇說定了，要讓卓格順利回來將西法打倒、救出殷婷。

所以，哪怕自己的雙手在這之後會痛上好幾天，他柳阿一也要支撐下去，和身邊的夥伴們奮鬥到最後一刻！

儀式持續進行，尤特這時傳來進度已到一半的消息，要柳阿一和殷宇兩人再多加堅持一會，尚．溫徹斯特雖同樣不能離開崗位卻也一起聲援。不管是尤特或尚．溫徹斯特，即使沒能參與戰鬥，他們卻能從柳阿一和殷宇賭命且投入的防衛戰中，感受到強烈的、足以鼓動沸騰情緒的決心和情感。

殷宇冷靜的掌控了攻擊先機，狙擊的準度讓他彈無虛發；柳阿一雖比不上殷宇那簡直是菁英程度的能力，表現卻也比他們預期中還要來得優異。

兩人一前一後的配合作戰，狀況越發契合，即使途中不斷有越來越多的惡鬼侵襲，柳阿一和殷宇也能在敵人傷及方世傑前將之打退。

——果然沒看走眼。

尤特如此想著。

當初思考工作分配、打造這次派上用場的兩把槍械前，尤特便認為這兩人倘若真戰鬥起來會是怎樣的模式，結果如同他所想，一個冷靜、一個熱血。在分配槍械種類上，尤特自認他分配得妥當且成功，當然，這其中更歸功於柳阿一和殷宇兩位比意想中傑出的合作默契。

「還差一點……還差一點儀式就要成功了！」

尤特看著魔法陣的紫光已漸漸轉為白光、將原先還看得到飄浮於空中的方世傑徹底包圍，猶如蠶繭將整個人包覆。尤特曉得，這即是還魂法術最後的步驟，名為「光繭」的現象。這個過程中，方世傑的身軀將會被從靈界之門召喚而來的卓格之魂進駐，然而這也是整個儀式中最脆弱危險的時候。

一旦在此時受到任何攻擊，「光繭」之內的軀殼和靈魂都會受到嚴重傷害，因此現在是尤特最緊張的時刻。

「唔，這、這種感覺是……！」

就在這時，旁邊輔助儀式的尚．溫徹斯特雙眸睜大，面露不敢置信的神情，他立即回頭對尤特喊：「是那傢伙——不會錯的！這快速逼近的氣息是『他』！」

「你說『他』？這怎麼可能！那傢伙應當消聲匿跡好一段時間了……」收到尚．溫徹斯特警告的尤特，瞳孔微微的收縮，難以相信的他不禁愣愣搖頭。

「可是這股氣息你也無法否認對吧！真的是『他』來了！快讓柳阿一和殷宇集中火

力！」

「我知道了……柳阿一、殷宇你們聽著！」尤特轉而向在魔法陣前作戰的兩人高聲一喊，「接下來請你們集中火力對付一個敵人……『他』就快來了！『他』絕對比你們先前碰上的鬼魂更加棘手！千萬要小心！」

「等等，你指的『他』到底是……」剛用衝鋒槍射倒前方撲來的一名無頭鬼魂，柳阿一納悶的回頭看向尤特。

「柳先生，我想你說的『他』現在就在你後面，看起來很生氣。」

另一端傳來殷宇低沉且毫無起伏的聲音，柳阿一這才怔怔的轉頭一看……

「嗚啊！這這這……這是什麼！」

前方的身影一跳入柳阿一眼底，柳阿一就像個驚慌的少女發出尖叫，臉色立即刷白。

正如殷宇所說，柳阿一看見了「他」——

一名頂著黑色山羊頭的男人，正目光凶狠的站在自己的面前！

「山山山……山羊頭啊！黑色的羊肉爐啊！」

「……你在胡言亂語什麼呢，柳先生。」

似乎被嚇得不輕，柳阿一出現語無倫次的狀況，殷宇則快快將鹽彈再次補充上膛，打算趁敵人還未有所動作前先下手為強。

槍口對準目標、扳機扣下，鹽彈高速朝目標直射而出，殷宇以為自己即將命中目標之際，卻見對方不慌不忙的伸手一動，掌心便一把抓住迎面飛來的鹽彈！

「還是有人天真的以為……這點白色粉末能夠傷害到我呢。溫徹斯特、尤特，你們是怎麼教導這些人的？他們是新來的驅魔人嗎？」

有著一顆黑色山羊頭、穿著筆挺西裝猶如高雅紳士的「他」，手稍稍用力一握，就將包在掌心裡的特製鹽彈壓得粉碎，手心一攤，碎裂的鹽彈便如同白色的砂礫隨風而逝。

殷宇見狀眉頭一皺，柳阿一看了臉色更為鐵青，但表情最為難看的莫過於被直接點名的兩人。

「遠古的惡魔……破壞之王……阿斯莫德！」

咬牙切齒的道出了對方的來歷，尚．溫徹斯特表情猙獰且帶有慍色；而尤特也沉著一張臉，戰戰兢兢的瞪著正從容走來的男子。

III

不容拒絕的交易

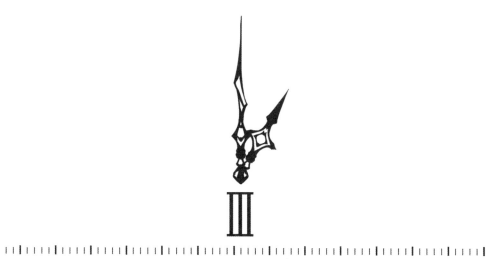

夜色下，站在尤特家樓頂的柳阿一，面對眼前這位剛剛出現的不速之客，握起了拳頭。

「喂，別開玩笑了，居然是阿斯莫德……不就是墮天魔王路西法麾下的指揮官之一嗎？可惡……但不管你是誰，我都不准你靠近阿大！」

雖然感到害怕，但柳阿一仍鼓起勇氣對敵人擺出戰鬥姿態，同時腦海浮現曾為小說而接觸過的文獻資料，想起阿斯莫德就是傳聞中貪戀女色的惡魔，但柳阿一實在不曉得此人為何出現在這裡，難道他也和其他惡鬼一樣與卓格有所過節？

「看來我的名字到哪都無人不知、無人不曉呢……不過，比起讓男性的你知道，我更想讓美麗的女性喊出我的名字。話說回來，你還是別用槍口對準我比較好哦……沒用的。」阿斯莫德金色的獸眼微微瞇起，像是透著一絲笑意。

「沒試過怎會知道沒有用！」

「柳阿一別……！」

尤特的勸告來不及阻止，柳阿一扣下扳機，立刻朝阿斯莫德火力全開、鹽彈掃射。

對方輕聲一笑，舉高的掌心往前一攤，剎時間好似有透明的屏障擋住掃射攻擊，下一秒，就見所有射出的鹽彈毫無用武之地掉落地面、化為粉狀。

「怎、怎麼會……」柳阿一難以置信的睜大眼睛，愣愣的看著結果。

「我不是說了嗎？沒用的。這點程度的驅魔道具就想傷及我……簡直是天方夜譚呢。」

阿斯莫德用手刮了刮臉頰上柔軟的黑色獸毛，語氣自若。

「阿斯莫德，你到底來做什麼？卓格生前基本上和你沒有瓜葛吧！」尚．溫徹斯特兩眉深鎖，既警戒又憤怒的瞪著阿斯莫德。

「呵呵……怎會沒有過什麼瓜葛？不過除了卓格以外，我和你也很有關係呢，尚．溫徹斯特公爵。還記得當時迷戀女色的你，曾經一度接受我的勸誘，差點為了女色將你的靈魂奉獻給我。只可惜，旁邊那位礙事的尤特阻撓了這樁美事。」

「就因為這件事，你專門要來破壞我們今天的儀式嗎！」接在阿斯莫德的話之後，尤特憤而出聲道。

「哦呀哦呀，那倒不是。雖然我貴為破壞之王，今天卻不是要來破壞你們現正進行的好事。」面對眾人或戒備或怒氣十足的態度，阿斯莫德仍舊好整以暇的道：「我今天是來和你們做個交易的……關於你們現正執行的這場還魂儀式。」

語畢，雖然阿斯莫德頸部以上是一張獸面容顏，卻讓人感覺到他似乎正對大夥微笑。

「……我們不和你做任何交易，滾。」尚．溫徹斯特板起臉來，冷冷的一口回拒。

一旁的柳阿一和殷宇雖也想插手此事，但一點也不了解阿斯莫德的兩人，不敢隨意出聲，只能靜觀其變。

「不先聽我說明就直接拒絕了嗎？真是變了好多啊，尚，想當初你有多麼聽我的話……」

「你給我閉嘴！別以為我們現在就拿你沒辦法！」

尚．溫徹斯特是真的生氣了，他幾乎要為此衝動的離開自己的崗位。

「領主大人您別受他影響！」尤特見狀趕緊出聲提醒，這時若和對方硬碰硬絕無好事。

「哦，你家的騎士說得沒錯，最好還是別跟我鬧脾氣比較好……如果儀式還想順利進行的話。」阿斯莫德瞄了尤特一眼後，感覺上那顆山羊頭又笑笑的對著溫徹斯特道。

「說……你到底想怎樣？」不甘的咬了咬牙、掙扎片刻後，溫徹斯特似乎相當不情願的如此問道。

「哦呀，終於願意好好聽我說了嗎？真是讓我高興呢，尚。」

「廢話少說！還不快點回答本公爵！」面對一副調侃戲弄語氣的阿斯莫德，溫徹斯特更顯惱怒。

「別急別急，這就要答覆你了……各位，此次的還魂儀式也能讓我參一腳嗎？」

在阿斯莫德提出自己的要求後，其他聽到這席話的人都當場傻眼。

「你、你知不知道自己在說什麼？參與我們的還魂儀式？別開玩笑了！身為惡魔的你，想要參與驅魔人的還魂儀式到底有何居心！」尚．溫徹斯特一手用力揮下，情緒激動，自己過去曾差點栽在這魔鬼的手裡，讓他難以聽信這種如此荒謬的話語。

不只是尚．溫徹斯特無法相信，在場聽見阿斯莫德要求的眾人亦是。尤特知道自己主人曾歷經的種種，本就不信任眼前這個狡詐的惡魔；柳阿一和殷宇雖不了解阿斯莫德和尚．溫徹斯特的過去，可也因為對方的身分而不願輕信。

他們都有個共同的疑問：魔鬼之身的阿斯莫德究竟打的是何種算盤？

「我就知道你會這麼排斥，也是呢，誰叫我現在長了一顆惹人厭的山羊頭呢……」阿斯莫德一手托著留有長長鬍鬚的下巴，口氣頗為無奈。

「這跟你的長相沒關係吧！快跟全世界的山羊道歉啦你！」

「柳先生，現在是說這種吐槽的時候嗎……」殷宇露出死魚般的眼神，冷冷的看向另一側的柳阿一。

「別再給我開玩笑下去，阿斯莫德！我們是不可能答應你的！」尚．溫徹斯特再次強調，眼神之中的火光從未減弱。

「話可別說得如此果斷哦，等你們聽了我之所以提出這種要求的理由後……再拒絕我也不遲吧？嘛，雖然我不會讓你們有拒絕的餘地。」

若非親眼看著阿斯莫德正用山羊的嘴巴說話，以他充滿磁性的嗓音，實在讓人很難相信如此動聽帥氣的聲音主人竟生得這副模樣。

「數到三，若你沒說出能夠打動我們的理由，就別想讓我們再聽你胡謅下去！」

「呵，看來你還是願意聽我說說囉？真是令我高興啊，尚。」

「一、二──」

「我阿斯莫德謹代表路西法吾王，來向驅魔人卓格提出共同合作請求──目標即是阻止西法完成鬼皇儀式。」

尚．溫徹斯特即將說出最後一個數字，阿斯莫德面無表情的道出此趟來意。

「等一下，我有點反應不過來了，殷宇你要不要打我一下？我剛沒聽錯吧？好像有個反派角色說要和我們攜手打擊頭號通緝犯？」柳阿一認為自己肯定是長了耳屎還是聽覺神經出錯，不然怎會聽到這麼可怕的一句話。

「你沒有聽錯，柳先生，不過我還是可以打你一頓，需要嗎？」

「……不用，我已經反應過來了。」

柳阿一扶著額頭，嘆了口氣，但實際上他還未從阿斯莫德投出的震撼彈中完全回神，他不禁將目光投向尚．溫徹斯特，看著相較之下應當是最為了解阿斯莫德的此人，會做出怎樣的決定。

「阿斯莫德……你清楚自己在說些什麼嗎？還是說，這又是你打算誘騙我們的詭計？」

尚．溫徹斯特一手托著自己的下巴，水藍眼眸狐疑的盯著眾人前方的阿斯莫德；而在不遠處，至今仍一邊維持儀式進行的尤特則表情凝重的沉默觀看著。

「請別用這種眼神懷疑我呀，會讓我想念起當年你幾乎全然信任於我的目光，差點就到手的靈魂哦……」

「別給本公爵轉移話題，認真的回答我！」尚．溫徹斯特口氣凶狠的對著阿斯莫德道，心想這傢伙從以前就是這副德性，雖然外表改變了，但內在還是很讓人討厭，他實在想不通當初是怎麼鬼迷心竅，才會差點上了這人的當？

「呵，我方才不是很認真的說了嗎？我謹代表路西法吾王要來和卓格……或者該說是現在主導卓格還魂儀式的你們合作。說得更淺顯易懂點——吾王路西法不樂意見到西法成為鬼皇。」

阿斯莫德繼續說：「要是讓西法成為鬼皇，就會破壞如今鬼界各大勢力的平衡……西法打的算盤很簡單，就是以鬼皇作為號召，吸收並擴大自己的勢力，最終一步即是統一整個鬼界。」

「哼……原來如此啊，還真是一個自私不過卻又很值得讓人聽信的理由，但說到底，路西法那傢伙只是怕自己的統治權受到影響罷了？」

尚．溫徹斯特冷冷一笑，不過對方的理由的確有讓他們信任之處，畢竟西法若成為鬼皇，目前以路西法為首的最大勢力，恐怕將受到最明顯的衝擊吧。

「哦呀，我還以為你是個有遠見的男人呢，難道你沒想到嗎？倘若真讓西法成為統一整個鬼界的唯一鬼皇，以他充滿侵略性的性格而言，下一步是什麼應該不難猜吧？」

「下一個目標難道就是……人界？」

回應阿斯莫德之人並非尚．溫徹斯特，而是他的手下尤特。

「這麼明白的答案，你的騎士都答出來了，為何你會沒有想到呢……尚？」

尚．溫徹斯特咬著下唇，感到屈辱的別開阿斯莫德投來的目光，「廢、廢話少說，你還沒提出合作方式，我們可還沒答應你！」

「哦，很簡單，再簡單不過了。」阿斯莫德又微微的瞇起他一對金色的獸眼。「只要，在還魂儀式期間，連帶將我一起融入這副軀殼裡就可以了。」

「你說什麼？你的意思是……要讓方世傑的體內除了有著卓格的靈魂之外，還要讓你的靈魂一併進入？」尚．溫徹斯特聽了一愣，瞳孔瞬間微微收縮。

同樣的，其他人亦是顯露不敢置信的神情。

「是的，正確來說，即是和卓格一起共享這副暫時的軀殼。」

面對所有人訝異的目光，阿斯莫德仍顯得相當平靜的托著下巴。

「為什麼？這又和要阻止西法成為鬼皇有何關係？為了讓卓格的靈魂進到自己身體內，方世傑先生的靈魂已經被迫退居在潛意識之下，就為了將身體的主導權暫且轉交給卓格使用……現在，你又想一道進入他的軀殼內，成為這副身體的第三個主人……你究竟是為了什麼！」

尤特迫切詢問，因為他比誰都清楚還魂儀式所帶來的風險，不光是過程期間「光繭」內的方世傑相當脆弱、不堪一擊，還有就算儀式成功、他們順利阻止了西法，卓格在事成後也願意將身體還給方世傑，可早已潛入深沉意識中的方世傑靈魂，也不一定能被喚醒。

然而此刻，身為惡魔的阿斯莫德，竟也要進到早已承受兩道靈魂重量的身體內……先別說阿斯莫德有沒有打別的壞主意，光是再讓方世傑的身體多增加一名寄宿者，就是一件相當危險的事——三人靈魂共用一個軀殼之事，就尤特所知，從古至今未曾有過，他無法擔保這會不會造成可怕的傷害！

「雖然我不太懂是怎麼回事，但只要可能對阿大造成傷害的，即使對手是你，我也會全力以赴！」

對於潛意識啊、靈魂之說什麼的，柳阿一不了解，但從尤特的反應來看，這絕對是個具有風險性的行為……他和阿大說好了，要徹底保護好阿大，所以就算明知打不過也要試著支撐到最後。

「別用這種很厭惡的語氣對我這麼說呀……真要說的話，我也很不願意呢，若非吾王的命令，我也完全不想這麼做。」阿斯莫德嘆口氣，黑色的山羊頭上似乎出現了皺眉的神情。

「吶，尚，你是知道的吧，以前的我可不是長成這副模樣……」戴著白色手套的手，緩緩舉至自己的臉旁，輕觸黑色長長的獸毛，異於人類的獸形面孔讓阿斯莫德感慨的道：「以前要是生得這副德性，哪能誘惑那麼多美麗的女性呢……當然，那時候尚的靈魂也肯定不會差點落入我手中，而是早就害怕得躲遠遠的吧。」

「阿斯莫德，你到底是在兜什麼圈子？這又和我們要聽的答案有何關係？我們是在問你這麼做的意義！」每每被阿斯莫德直呼其名時，尚．溫徹斯特便覺得特別火大，他可不想和一名曾險些讓自己同樣墮入魔道的惡魔過分親暱。

「真是令我傷心啊，我以往的容顏原來你早已遺忘了嗎？不過這也不能怪你，這一切都要怪卓格——是那男人的關係，讓我再也無法以人類的模樣見人。」

阿斯莫德似乎不悅的咬著手指，「當初，我被卓格的劍封印了大半魔力，那把該死的劍束縛著我，使我再也無法施展魅惑之術，自此便只能以原形的姿態在人前現身，任誰都知道我阿斯莫德就是靠美男之姿擄獲無數芳心，這個可憎的卓格斷絕了我後路！」

說到最後，情緒明顯激動起來，阿斯莫德那一對金色的獸眼瞪圓，閃爍著憤怒的火光。

「等等，你的意思是……卓格的那把劍——目前就在你的體內？」柳阿一訝異的道。

「呼……正確來說，應該是與我的靈魂共存。」深深的吐了一口氣，稍微平復心情的阿斯莫德，又恢復到原本慵懶而略帶磁性沙啞的嗓音。

「從你們的表情看來，還是不知道我說這麼多的意思為何吧？也罷，我就開門見山的說吧……現在與我靈魂共存的這把劍，是你們若想對付西法，就非得弄到手的重要武器。」

阿斯莫德這麼一說，柳阿一等人的臉色立刻一變。

「我和卓格那男人也算糾纏了好一段時間，無論是他主動來驅逐我，還是我想試著去引誘他墮落魔道，我們倆交手的時日比你們想像的還要久，也因此我很清楚這個纏人對手的種種……卓格的這把劍聽說來頭不小，好像是烏列那傢伙親自授予的聖劍……啊，是名為『火焰之劍』的複製品吧？」

阿斯莫德繼續說：「以卓格的能耐，平常驅驅一些小魔小怪什麼的，根本就不需要此劍登場便能清除乾淨，但對上像西法這樣的角色就一定需要這把劍。或者該說，西法至今為止唯一的敗北紀錄，就是卓格持此劍將他打敗的。只是後來因為種種關係，卓格就用這把劍來與我抗衡……嘛，想想好像也挺自豪的，需要動到『火焰之劍』才得以封存我一半的魔力。」

「自以為是的發言就用不著說了，沒人想聽。你倒是快告訴我們，若是想取得那把『火焰之劍』該怎麼做！」尚．溫徹斯特一臉不耐煩的瞪著阿斯莫德。

然而實際上，尚．溫徹斯特和其他人一樣，聽完阿斯莫德方才的話後，內心也十分的驚訝，他們都不曉得原來卓格擁有這麼一把厲害的聖劍，但一方面又焦慮這把劍如何自阿斯莫德體內取出。

殺了阿斯莫德嗎？

不，尚・溫徹斯特自知他們是做不到的。連卓格以「火焰之劍」作為最後籌碼與之對抗，最後也不過是封印了阿斯莫德的一半魔力，而非真的徹底消滅了對方……越想越覺得，倘若今日阿斯莫德未被「火焰之劍」牽制，說不定要比西法來得恐怖且棘手。

「哎呀，我之前不是說了嗎？唯一要讓這把劍再現的方法，就是如同先前我所提出的要求，讓我一併進到方世傑的身體之內，屆時卓格才能再次使用這把聖劍。」

阿斯莫德的態度看起來雖然不是很認真，但看在尚・溫徹斯特的眼中，他也不認為阿斯莫德在說謊。

「溫徹斯特大人……儘管很難啟齒，但屬下認為或許該考慮看看阿斯莫德所言。」尤特在這時出聲，「關於『火焰之劍』的傳說，經過阿斯莫德這麼一提後，屬下便想起來了。就我所知，確實發生過卓格持『火焰之劍』與西法決鬥一事，雖然勝負究竟為何這點屬下並不清楚，但是假使真如阿斯莫德所說是卓格勝利，那麼，那把『火焰之劍』肯定也是影響決勝的關鍵。」

尤特的神情中帶著一份想說動尚・溫徹斯特的懇切，可是卻也流露出一絲徬徨，只因他也沒能百分之百的保證這麼做就能毫無風險，畢竟說到底，阿斯莫德仍是一名惡魔。

由於尤特的話，尚・溫徹斯特的表情出現了動搖。在旁的柳阿一和殷宇雖然也很想幫忙決定，可是他們兩人都很清楚，在一點也不了解那些傳說的狀況下，隨意表達己見可能只會更讓人混亂頭疼。

「若真想打敗西法，只是將卓格還魂還不夠，確實需要當年那把打敗西法的聖劍，只是屬下沒想到，後來這把劍的流向竟是到了阿斯莫德那裡……」尤特的聲音越說壓得越低，面露煎熬的神色，內心被抗拒和希望兩股反方向的力量拉扯，極其不知該如何是好，卻又極其想要做出選擇。

「尚，你最信賴的手下都說到這個分上了，你的決定是什麼呢？是要拒絕我……還是接納我？」阿斯莫德那一對澄金色的獸眼重新對上了溫徹斯特，「最好快點決定哦，我看『光繭』要成熟的時間差不多了，若在此之前不讓我加入的話，恐怕之後再也沒機會了吧？一旦卓格恢復意識後，是肯定不會想讓我也成為他體內的一分子。」

此話一出，尚．溫徹斯特更能感受到所有人集中於自身上的目光，心中的掙扎都反應在臉上，任誰都看得出他陷入天人交戰的痛苦狀態。

如此棘手的問題，持續在尚．溫徹斯特的腦海內攻防交手……

為了是否讓阿斯莫德進入到「光繭」之中、成為方世傑身體內一分子的這個問題，尚．溫徹斯特在氣溫逐漸下降的夜裡，不斷逼著自己反覆思量。

尚．溫徹斯特認為，他答應過方世傑，他有這個責任要保護好願意將身體讓出來的方世傑，他覺得從儀式開始到現在，自己和同伴們都已做得很好，就目前為止，方世傑並未被傷及一根寒毛，這是他們彼此共同努力守護之下的成果，老實說，比預期的還要好上許多。

好不容易，他想著一切都將順利結束之際，卻因為阿斯莫德的出現而帶來新問題。

尚．溫徹斯特永遠都不可能對阿斯莫德感到信任，對一名惡魔抱持信賴絕對是最愚蠢不過的事，過去的自己也差點因此失足，所以這要他如何答應阿斯莫德進到方世傑的體內？

但話又說回來……他們之所以做到這一步，不就是為了要打倒西法嗎？

都走到這裡了，什麼樣的難關和風險他們不也挺過來了？

如果「火焰之劍」是如此必要的話，那麼倘若方世傑現在有意識，是不是也會接受這個要求？

「為了要打倒西法——」

腦海內莫名的浮現出這樣的聲音，那是出於自己的心聲？抑或是方世傑傳遞過來的話語？尚．溫徹斯特不清楚，但是他總算知道要如何回答了。

「阿斯莫德，本公爵可是把醜話說在前頭……要是你膽敢對這個身體做出什麼不該做的事，本公爵哪怕是賭上魂飛魄散的可能，也要把你從方世傑的體內拖出來！」握緊了拳頭，朝著阿斯莫德大吼，尚．溫徹斯特把自己的決心強而有力的表達出來。

尤特震驚的注視著自家主人，柳阿一也不例外，殷宇則是默默的推了一下眼鏡，鏡片下的雙眸若有所思；最後則是被指名道姓的阿斯莫德，用手摸了摸自己的山羊鬍，金色的獸眼饒富興味的看著尚．溫徹斯特。

「所以，你給本公爵做好覺悟吧！」

尚．溫徹斯特指著阿斯莫德，撂下重話後，便回頭對著柳阿一等人道：「今天，讓阿斯莫德進到方世傑體內的這個責任，就由本公爵來擔。若是這傢伙往後有何不軌，本公爵會負責到底，即使和他同歸於盡也絕不會讓方世傑受到傷害。尤特、柳阿一和殷宇，請容許我答應這傢伙的請求吧！」

「小尚……其實，你用不著對我們這麼說的。」柳阿一對著全身緊繃的溫徹斯特釋出一抹淡淡的笑。「我相信你的選擇，更何況假使阿斯莫德在這之後意圖不軌，我們也一定會出手協助，絕不會只讓你一人孤軍奮戰，因為你是我們的夥伴，阿大也是，我們都不會把全部的責任讓你扛。」

連柳阿一本身也覺得很難得，自己竟會說出這麼感性的話，一定是被小尚的那份毅然和決心影響了，他變得也很想和這個人站在同一陣線上，無論這個人所做的決定是對是錯，他就是想幫忙。

「別把我遺漏了，溫徹斯特。將惡魔的靈魂從體內拖出來……如此有趣的事怎能不算上我一份？」殷宇的嘴角微揚。

「領主大人，屬下也絕對支持您，況且屬下也認為阿斯莫德沒那麼愚蠢，敢在與卓格共用的身體內造次。」尤特也回以肯定的點頭。

三人全數通過尚．溫徹斯特的決定。

「你們……實在是太好說話了啊……真是一群笨蛋……」

尚．溫徹斯特頗為感動，聲音明顯的微微顫抖著，接著他很快將目光又移回阿斯莫德身上，大聲道：「聽到沒？你最好給本公爵小心點！」

說完，尚．溫徹斯特又對尤特道：「尤特，現在『光繭』的縫隙還沒完全密合對吧？指引阿斯莫德的靈體，讓他待會順利進到『光繭』之中。」

「遵命，領主大人。」尤特向尚．溫徹斯特點頭以示後，轉而對阿斯莫德說：「待會你就跟著我釋出的紅色光點行動，了解嗎？」

「呵，沒問題。」

阿斯莫德輕聲一笑，雖然他的態度仍讓柳阿一等人無法全然踏實的相信，但既然已經做了這個決定，也只好姑且認為阿斯莫德在進到方世傑體內之後不會作亂。

下一秒，就見阿斯莫德化作一道紫黑色的光芒、迅速的來到懸浮於半空中的「光繭」前，緊接著，「光繭」周圍出現一個紅色光點，似乎即是尤特所說的「指引」信號。很快的，紅色光點領著紫黑色的光束穿過「光繭」，在進入「光繭」體內的瞬間，「光繭」突然冒出一道強烈刺眼的光芒，讓柳阿一等人一時睜不開雙眼。

當柳阿一再度能睜開眼時，在他眼中的「光繭」已從原本散發單一色澤的白光，變成白、紫黑色交雜的光線。

如此詭譎的色調讓柳阿一覺得莫名的不安……

彷彿有種正與邪互相排斥的感覺。

這個時候，阿斯莫德的身影早已不在，更奇怪的是，打從阿斯莫德到來後，就再也沒有別的鬼魂想來破壞這場儀式，這讓柳阿一等人很是納悶。最後的結論是，阿斯莫德的現身讓那些惡鬼感到恐懼，根據尚．溫徹斯特和尤特的說法，鬼界之中亦有強弱之分，強者在場時，為了避免觸怒對方，力量較弱的那方為了明哲保身通常就不會出現。

聽了這兩人的解說後，柳阿一更好奇了，這個阿斯莫德到底是多可怕的存在……好吧，這個問題好像不該是此刻該思考的，當前最迫切的，還是待會即將出爐的儀式結果。

剎時，鏗然一聲，浮於半空中的「光繭」應聲出現裂痕，紫光與白光交織的光線不停向外呈輻射狀射出，猶如在夜空裡表演的絢爛煙火，漂亮的光芒讓柳阿一以為自己置身跨年晚會現場，不過會這麼想的人也只有他一個，其他人可是個個屏氣凝神、緊張的關注著「光繭」裂殼之後的發展。

「光繭」身上的裂痕迅速擴張、越來越多，最後整顆似球體的「光繭」從表層開始剝落，不斷落下細屑一般的粉末，但仔細一看，那並非具有實體可碰觸的物質，而是一個個離開球體的光點。

前所未見的奇異光景讓柳阿一和殷宇都看得入迷、看得發怔，而尚．溫徹斯特和尤特則依舊是一臉緊張、不敢鬆懈。

當「光繭」漸漸越變越小後，裡頭冒出了一個身影。就柳阿一的認知來說，當初被「光繭」包覆在內的人是方世傑，所以那道身影應當就是他的編輯方世傑……

直到身影的面容能夠讓外界之人一覽無遺時，柳阿一這才愕然的知道自己錯了。

「這、這不是阿大吧……這個模樣，怎麼看都不是我所認識的阿大！」

柳阿一訝然不已，但真要他全盤否認此人並非方世傑，他又說不出口──因為在他眼中的這個人，其實與方世傑也有一部分相似之處。

不僅僅是柳阿一對此人的出現發愣，殷宇、尤特和尚．溫徹斯特也見著了，他們一樣都睜大雙眼、目不轉睛的盯著對方，腦海裡都還留著一開始進入「光繭」內的方世傑模樣，然而現在自「光繭」中現身的男人，卻已有了顯著的改變。

「這個人，已不是方編輯……」

縱使從對方散發出來的氣息中，仍有著方世傑的感覺，可殷宇的內心卻很篤定，眼前這個破繭而出的男人絕非方世傑。

尤特也怔怔的注視著前方，「沒錯……他的的確確已不是方世傑……而是──」

「卓格。」

最後由尚．溫徹斯特道出了其他人其實都早已猜想到的名字。

映入每人眼簾內的身影，第一個被人直覺注意到的地方是髮色變了，金澄澄的醒目顏色，髮型上也略有改變，比起原本方世傑的髮型更加陽剛；微露光滑的額頭，充滿男子氣概，和形象較為斯文的方世傑有了鮮明出入；再來是五官，糅合了方世傑本來的味道，卻增添了西方人的深邃度，眼、耳、口、鼻的立體度大為增加，鼻梁的陰影十分明顯，就連下巴的線條亦有稜有角許多。

明明還能在他身上見著方世傑的原樣，然而看在柳阿一等人眼中，這完完全全已是另一人，從東方人的面孔蛻變成西方人的臉孔。

「這就是……卓格生前的樣貌嗎……」

柳阿一嚥下一口口水，雖然在這之前見過躺在棺材裡的版本，但如今真見到有血有肉的活體時，還是免不了感到訝異且陌生，彷彿初次見著。

卓格目前仍閉著雙眼，還無法一窺他的眼眸生得如何，可是從外表的變化來看，柳阿一認為搞不好連眼珠子的顏色都變了吧。

當「光繭」全數剝落，剎時連同地上的魔法陣一起轉瞬消失，飄浮於半空中的金髮男子得以緩緩落地，同時這也讓幫助他重現於世的那群人看到了原先被「光繭」遮住的下半身。

這麼一看不得了！

圍觀群眾之一的柳某人立即大喊：「太犯規了！居然連身高都改變了！我的編輯才沒這麼高！那個明明不滿一百七而且還偷塞鞋墊的傢伙——怎麼變得像大樹一樣高了啊！」

根據柳阿一的目測至少有一百八……不，快到一百九的驚人身高！

「不光是身高，體型上也明顯不同以往，方編輯本來的身形較為削瘦，現在的體魄卻變得充滿力量，肌肉紋理都透過快撐開的襯衫展露出來了。」殷宇的兩指抵著眼鏡，認真的打量起前方的男人。

「嘖……如果之後阿大還保持這副模樣的話，這根本是詐欺吧。」

柳阿一不甘心的咋舌，這時候，被他所眼紅的金髮男子正緩緩的撐開眼皮。

男子雙眼一睜，鑲在眼眶之內的眼珠子果然如柳阿一所想——就連瞳孔的顏色都變成了祖母綠。

金髮男子睜開雙眼後，似乎還沒全然恢復意識，雙眸幽幽的看著前方，卻沒有真正在注視著何處，微啟的雙脣像是有話要說。

「好像哪裡不太對勁……」尚．溫徹斯特擰著眉頭，眼神中閃過一絲憂慮，「照理來說，阿斯莫德的一部分特徵也會反映出來，不過目前為止好像還沒看到那傢伙的感覺啊。」

他的話引來其他人關注，尤特說：「領主大人所言甚是，阿斯莫德的靈魂應當也存在於方世傑體內……沒表現出來難道是被壓制了？」

「被壓制？那意思是，我們用不著擔心阿斯莫德出來搗亂了？」柳阿一接口問道。

「呵……你們在說什麼呢，我豈是那麼容易被壓制的角色？」

柳阿一的背後傳來了方世傑的嗓音，卻操著儼然是另一人才會使用的說話方式。

「等等，這種討人厭的說話方式是——」

柳阿一回頭，就見有著卓格容貌的金髮男子朝他一笑，對方微翹嘴角的輕佻笑容，讓柳阿一更加確定這個身體裡的人是——

「阿斯莫德？」

吃驚不已的倒抽一口氣，柳阿一掩著自己的嘴巴，不只是他受到了衝擊，周圍的夥伴亦是如此。

「這到底是怎麼回事？為何阿斯莫德會……」

「主宰著這個身體……你想這麼說對吧，殷宇編輯？」

阿斯莫德移轉眼珠子、看向方才出聲的殷宇，被突然指名道姓的殷宇瞳孔微微收縮。

「你知道殷宇的名字和職業？難不成，你不只占據了這個身體……還能獲取在你體內其他靈魂的記憶？」尤特明白自己的這番推論很荒謬，可是卓格……不，阿斯莫德就是給他這種感覺。

「答對了，尚的忠心騎士。」

他語畢後附帶了一抹微笑，表面上看起來是「卓格」在對尤特笑，實際上這裡的每個人都知道是阿斯莫德在操控這副身軀。

「怎會如此……你對卓格的意識做了什麼嗎！」

「唉呀，真過分，我可沒印象自己對卓格做了什麼哦，尚這麼說可是會令我傷心的。」

「那你怎麼會……！」

「不知道——我也想問為什麼呢。當我被吸進去『光繭』後，就開始融入這副軀體中，期間過程很複雜我不好講，但是我真的什麼也沒做，只知道這個軀體最後的主導權是落在我手上。」阿斯莫德聳了聳肩，「我也覺得很可惜呀，以為能在這個軀殼內遇上久違的卓格，但那傢伙似乎沒打算浮出來，好像是自願將與外界接觸的權利讓給了我。」

阿斯莫德的一番言論讓柳阿一很是存疑，於是柳阿一馬上問向他認為較懂事理的尚・溫徹斯特：「喂，小尚，這傢伙所說的是真的嗎？」

「哦，千真萬確，你們要相信我啊～」

「你這麼一說更不想相信你了啦！」柳阿一立即回頭吐槽阿斯莫德。

「……坦白而言，本公爵也無從確定。」尚・溫徹斯特深深的嘆了一口氣，表情盡是無能為力所帶來的不悅，「這傢伙雖然有說謊的可能，但也不排斥真如他所說……畢竟若以卓格的能耐，就算阿斯莫德真有意壓制，應該也不會在那麼短的時間內就被壓下，而是會纏鬥一段時間，那麼這期間內就會見到人格錯亂或頻頻轉換的模樣，不會是這麼穩定的只表現出阿斯莫德單一的意識。」

「嗚哇，怎麼聽你這麼說後感覺更混亂了啊……」早在儀式結束後就將手中的槍放到一旁、空了手的柳阿一，一臉糾結的抱著頭。

「那麼方編輯呢？方編輯的意識又到哪去了？」這時換成殷宇提出自己的疑問，鏡片下的眼神謹慎的盯著阿斯莫德。

「你說這個身體本來的主人嗎？他當然還在，與我和卓格的意識並存。不過說到底，這個名叫方世傑的男人，即便是流有卓格的血脈與具備了一點靈力，在遇上比他更厲害的本人我和卓格後，他的意識自然而然就被壓制下去了。」阿斯莫德用肯定的口吻答覆了殷宇。

即使未向尚・溫徹斯特求證，殷宇也能夠從對方的語氣和態度上得到確認。殷宇知曉這傢伙說得很坦蕩，也沒有半點隱瞞之處，以他曾作為刑警所受到過的訓練來看，阿斯莫德在這點上並未對他撒謊。

「換句話說，自此就是你控制著這個身軀嗎……」

雖不願相信一名惡魔說的話，但尤特也自知，整個事情的真相和阿斯莫德所言比較下來，大概八九不離十，因此目前尤特最擔心的是，就怕阿斯莫德會對這副屬於方世傑的身體做出不利的舉動，又或者影響到他們對西法的作戰。

「呵，都到這個地步了，你們要是還不認為我就是這副身體目前主人的話……那也就沒辦法了呢。不過請放心，我說過了，我們都有一個共同的敵人，那即是欲當上鬼皇的西法。在處理掉那傢伙前你們至少可以放寬心，我和你們在有一致利害時，是絕不會做出什麼對這身體有害的事。」

「那言下之意是打敗西法後你就想造次嗎！」柳阿一跳出來握緊拳頭逼問。

「呵，那倒也不一定……總之，與其想以後發生的事，不如先團結的解決迫在眉睫的要事吧。今晚過後，距離西法當上鬼皇的那天，又更接近了呢。」阿斯莫德笑笑的面對柳阿一，一點也不受柳阿一的影響。

「啊，對了。」阿斯莫德像是突然想起什麼。「『久違的人世……妖魔惡鬼縱橫的氣味充斥這點仍未改變。』……卓格剛剛好像是跟我這麼說的。」

在阿斯莫德微笑的說出這句話時，在他周圍的所有人又是一愣。

——這究竟是怎麼一回事啊啊啊！

以上，來自柳阿一內心的吶喊，同時也是其他人心中最想大喊的一句話了吧。

IV

火焰之劍

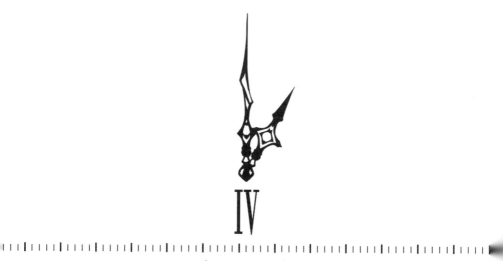

「你們別一直盯著我看嘛，我又不會跑掉。」

雖然外表是卓格的模樣，但內在目前占據主導地位的人則是阿斯莫德，魔王路西法的手下，有著「破壞王」之稱的惡魔，現在正站在尤特家中一隅的等身鏡子前，反覆轉動著身子觀看自己。

除了本人正在觀察自己的身體以外，旁人如柳阿一、殷宇以及尚・溫徹斯特主從二人，也都目光不離的盯緊著他，他們就怕這傢伙有什麼陰謀歹念，因此無法放下心來，乾脆緊迫盯人。

「我們不怕你跑掉，就怕你做什麼蠢事，你可要搞清楚，現在這個身體只是借你暫住，你別想亂來啊！」尚・溫徹斯特打從阿斯莫德出現後，深鎖的眉頭就沒鬆開過。

「而且話說回來，我們答應你的理由是為了那把『火焰之劍』，你現在能立刻讓我們看到嗎?證明你所言不假？」尤貼接腔，雙手抱胸的他表情一樣嚴肅。

「哦，你們沒說我差點忘了……因為實在太久沒恢復人形，雖然是卓格的外表，比起本人當年塑造的人形模樣還差上一截，但也不錯了，這個體格和臉蛋應該也能誘騙不少女人……呵呵，真想就這麼走出去找個女人過一夜呀！」阿斯莫德頗為滿意的站在鏡子前搔首弄姿。

「喂，小尚，我可以掐住他的脖子讓他說不出話嗎？」柳阿一眼神已死的問向尚・溫徹斯特。

「本公爵才想毀了他的臉！只是我們這麼做，對不起的人是方世傑。」尚．溫徹斯特同樣嘴角抽搐的回應了柳阿一。

「請兩位別拿方編輯的身體開玩笑，等他回歸後我會一條條跟他說的。」殷宇推了一下眼鏡，眼神犀利的掃過柳阿一和尚．溫徹斯特後，便又將鏡片下的目光對向阿斯莫德，正經道：「倒是你這個惡魔，你說的那把『火焰之劍』還不快給我們看？」

「嗯，這就在準備了，在你們剛才說些我完全聽不懂的話時，就已經在和卓格溝通中了。」

「你這話是什麼意思？」殷宇蹙眉一問。

「就是說，雖然我已將『火焰之劍』本身準備好了，至於要如何召喚及使用，我還是得聽一下原本主人的意思嘛。你們先別吵我，就快好了。」

阿斯莫德先回答了殷宇的問題，接著又轉過身去、看起來像是在低首思量，旁人只好解讀成是在和體內的卓格進行溝通。

「嗯，我大致上懂了……呵，真沒想到我也有操控聖劍的時候啊。」

背對眾人的阿斯莫德乍看下是在自言自語，不過柳阿一等人也大都能接受「這傢伙是在跟卓格對話」的事實了。

「搞定！卓格教我如何使用了，不過他那嚴格的傢伙還真是跟你們一樣，都說要是我拿這把劍為非作歹，就絕對不是封印我大半魔力這麼簡單呢。」

阿斯莫德終於回過身來面向大家，雖然他說的話仍惹得大夥瞬間無言以對，但對心心念念如何快點阻止西法的這群人來說，總算可以見到那把傳說中的聖劍。

「那就快點把『火焰之劍』弄出來啊！還說那麼多廢話做什麼？小心本公爵抽你啊！」尚．溫徹斯特一手扠在腰上，肝火大盛對著阿斯莫德吼道。

「喂，我說小尚是不是有什麼奇怪的S屬性跑出來了啊……」柳阿一膽顫心驚的問向旁邊的殷宇。

「不是跑出來，只是還原面貌，又或者是阿斯莫德激發了他的這種潛能。」殷宇認真的用併攏的兩指抵了一下眼鏡鼻橋。

「別這麼生氣呀，尚，就是因為你這種個性當年嚇跑了不少任妻子，才轉而向我這個高手中的高手求助的哦。」

「給本公爵閉嘴！你這淫魔！」尚．溫徹斯特氣得頭頂都快冒煙了。

「喂喂，我剛好像聽到了什麼不得了八卦啊……」柳阿一又湊在殷宇身旁，戰戰兢兢的低聲道。

「不是八卦，只是講出了真相，又或者是阿斯莫德把公爵的每任妻子拐跑罷了。」殷宇一貫正色的回應了柳阿一。

「你們兩個，也別給本公爵在那邊說些有的沒的，小心本公爵連你們一起抽！」

「嗚哇，看來我們也要遭池魚之殃了！」柳阿一趕緊裝作沒看見現正一臉凶神惡煞模樣的尚·溫徹斯特，撇過頭去小聲對殷宇說。

「咳，領主大人、柳阿一先生和殷宇先生，請你們就先放下私人恩怨好嗎？還是先來確定一下『火焰之劍』的事吧。」身為這群人中最後的理性與良心，尤特刻意的清了清喉嚨。

「呵，我還是直接切入重點好了，關於你們想看的『火焰之劍』……應當就是這個樣子。」

阿斯莫德將右手攤開，閉上雙眼，口中唸唸有詞，旁人聽來就和唸咒文沒兩樣。這時，赫見他的身上開始凝聚一股熱氣，以他為中心點擴散出去的四周氣溫也顯著升高，緊接著下一秒就聽阿斯莫德低聲喊：「神之焰，請助我一臂之力——」

「轟！」

猶如火焰衝出的聲響剎時出現，也在同一時刻，阿斯莫德攤開的右手掌中頓時多了一把大劍，整個劍身都散發出看起來相當炙熱的焰氣，上頭還浮現一個個隱約透著金光的神秘文字，然而劍柄本身卻如冰晶般透明，和赤紅色的劍身相較下形成強烈的對比。

「這就是……傳說中大天使烏列所持的『火焰之劍』？」

落在「火焰之劍」之上的目光，既專注又帶著詫異，柳阿一愣愣的問：「只要有了這把劍……我們，就能夠打敗西法了對吧？」

殷宇的眼神亦落在這把劍上，只是他腦海裡湧上的，是他被西法帶走的妹妹，至今他從沒放棄要將妹妹救出的念頭。

「雖說不一定有百分之百的戰勝機率，但是只要有了這把『火焰之劍』，我們就具備了能跟西法正面對抗的機會。」尤特拄著下巴，視線一如他人，都放在前方那把光采熠熠的大劍上。

「呵，能夠拿這把聖劍將西法剪除的話，那可真是再有趣不過了……」一名惡魔持著大天使賜予之劍消滅了未來鬼皇……哎呀，等我回到魔界時又有個豐功偉業可以跟那些女妖說了。」阿斯莫德似乎也顯得沾沾自喜，拿著「火焰之劍」上下揮動、左右揮砍，把玩得十分盡興。

「啊，小尚你怎麼啦？為什麼要躲得遠遠的啊？」

柳阿一注意到尚・溫徹斯特打從「火焰之劍」亮相後，就沒再出過聲音，現在一看，人更是跑得遠遠的，而且表情看上去很不自在。

「別、別管本公爵，反正確定那傢伙能使出『火焰之劍』就好。」尚・溫徹斯特皺著眉頭，被柳阿一突然這麼問之下更像是嚇了一跳，說起話都稍微結巴。

「哦……小尚你的臉色怪怪的哦……說話也好像很心虛哦……」柳阿一瞇起眼睛打量著臉色刷白的尚·溫徹斯特，語調揚高。

「哪、哪裡心虛了！你少亂說了，本公爵是那種人嗎！」尚·溫徹斯特馬上反駁了柳阿一，他可是堂堂一名公爵大人，心虛這種事怎會發生在高貴如他的身上？

「就是說呢，尚才不是這種人。」

「咦？」

柳阿一愣愣的看著剛出聲的阿斯莫德，似乎是想為尚·溫徹斯特幫腔啊，但見這名惡魔一臉笑意，總覺得好像哪裡又不太對勁。

「你說是吧，尊貴的公爵大人能有什麼事會心虛害怕呢？」阿斯莫德一邊說著，一邊拿著「火焰之劍」邁開步伐走向尚·溫徹斯特。「就算是看到鬼魂與妖魔皆戰慄的大天使烏列之劍，『火焰之劍』，你也不會有半點懼意……對吧？」

揚起手中還冒著火焰的劍，阿斯莫德刻意拉近劍身與尚·溫徹斯特之間的距離。

「別、別過來！不、不對！本公爵是說你給我滾遠點！」

尚·溫徹斯特立刻像受驚的貓往後一跳，好似可以看到他貓毛豎立般的對著阿斯莫德叫囂，但是被阿斯莫德執劍靠近之後，臉色更為鐵青了。

「噗，說穿了就是害怕那把『火焰之劍』嘛！」

柳阿一不禁噗嗤笑出，不過他也不是第一天認識尚・溫徹斯特這個人（鬼？）了，好面子、愛逞強的個性真是再鮮明不過。

「不過由此可見，這把『火焰之劍』的確不是只有看起來漂亮而已，果真會讓鬼魂之輩感到害怕。」殷宇淡定的得到結論。

「那是當然的，這『火焰之劍』可是封印了我大半魔力的罪魁禍首呀。」

阿斯莫德像是戲弄夠了，便將「火焰之劍」往上一拋，落下之際轉瞬消失，同時尚・溫徹斯特也在「火焰之劍」不見後暗暗的鬆了口氣。

「雖然讓卓格復活這件事變了調，但看這狀況應該也不至於差到哪去，我們現在事不宜遲，得儘快趕到西法所在，阻止他成為鬼皇。」殷宇一臉正色對著所有人道。

「沒錯，距離『罪之輪盤』完成驗證的時間所剩無幾，我們得快到舉行鬼皇儀式的愛丁風堡，但是關於交通工具方面……」

「交通工具方面您用不著擔心，領主大人。」尤特打斷了尚・溫徹斯特的話，也打斷了尚・溫徹斯特的擔憂，「現在，就有一臺我的私人飛機停放在後花園停機坪上，若各位都準備妥當的話，我們可以即刻出發。」

「哇，私人飛機！尤特你比我想像的還要有錢！」柳阿一驚呼，他雖然早知道尤特的生活挺優渥，但沒想到居然是買得起私人飛機的程度。

「柳先生，難道你不知道?尤特先生不只是一家某知名跨國企業的總裁，還是一名在當地經營民航機事業的董事長。」殷宇回頭看向柳阿一。

「對了，以防萬一，殷宇先生、柳阿一先生，今天給兩位使用的改造狙擊槍和衝鋒槍也一併帶去吧，或許會派上用場。」對於柳阿一的訝異，尤特本人倒是一點也不以為然，轉而說起另一件事。

「我們知道了，感謝尤特先生的提供。」殷宇對著尤特點頭致謝。

「那麼，各位都準備好要前往愛丁風堡了吧?出發之前還有什麼想問的嗎?」尤特的目光掃過所有人，客氣的詢問。

這個時候有個人舉起了他的手。

「阿斯莫德，你又有什麼問題?」

反問這句話的人是尚・溫徹斯特，他沒好氣的皺起了眉頭、目光不屑的瞥向阿斯莫德。

「有，當然有個問題。」

阿斯莫德一如既往習慣了尚・溫徹斯特的怒視，用著卓格的臉孔微微一笑，視線則轉往站在正前方的尤特。

「我想請問一下，待會搭乘的那班飛機內，有美麗的空服員小姐嗎?」

阿斯莫德此話一出，現場陷入了彷彿無止境的沉默之中，最後由已經忍無可忍的尚・溫徹斯特大吼回去——

「你當我們是去員工旅遊嗎！」

△▽　△▽　△▽　△▽　△▽

愛丁風堡，城堡內一隅——

夜色襲人，窗外的梧桐樹枝隨著晚風微微擺動，夜梟和渡鴉的聲音讓夜晚更添一股詭譎；窗內的走廊上則有一道人影緩步前行，披著一頭烏黑長髮的西法似乎正準備前往某處。

「格蘭沙，西法已來到。」

最後停駐在一扇看上去相當老舊的木門前，西法輕敲門後如此說著。

「進來吧，你來得正是時候。」

門內傳來格蘭沙的回應，西法便輕輕的推開門，一入內，眼前的事物讓西法瞳孔微微的收縮。

「『罪之輪盤』的驗證也終於來到最後階段，看來你希望頗大呀，西法。」

格蘭沙背對著進門後的西法，讓他纖細且散發出一股妖嬈氣味的背影映入西法眼中，然而西法的眼神並不專注於此，他的目光和格蘭沙一樣，都直直的注視著正在運作中的「罪之輪盤」。

這還是西法第一次親眼目睹「罪之輪盤」。

「罪之輪盤」本身的存在極為保密，一般而言只有審判者格蘭沙能夠見著與操作，今天西法卻因為格蘭沙主動的提出邀約，才能來到這間存放「罪之輪盤」的房間。

「罪之輪盤」實際上和西法想像的有所出入，他原以為「罪之輪盤」會是個非常大型且造形魔幻的輪盤狀物體，然而現在一看，竟非猜想中的輪盤狀，而是一臺構造相當複雜的機體，龐然穩固的座落在房間之內。

西法難以用任何一種詞彙來形容這臺機體，很像是工廠中一種組合某樣成品的機械，有一條輪送帶，還有一關關……總共七道關卡的柵欄，每道柵欄的顏色不一，上頭也寫滿了各種神秘且看似年代悠遠的咒語，至於輪送帶上有一顆紅色的小球體，剛通過了第六道關卡，現在已在第七道關卡內，被輪送帶持續緩慢的推進。

「這就是……『罪之輪盤』的驗證過程嗎?真是令人意外呢。」西法站到格蘭沙身旁，目光繼續看著眼前的「罪之輪盤」。

「呵……你是第一個哦，在真正成為鬼皇前第一個能先見到『罪之輪盤』運作的人。這玩意和你想像的不一樣對吧?」格蘭沙輕聲一笑，紫色雙脣漾著一抹充滿魅惑的笑。

實際上，格蘭沙的舉手投足都會伴隨著這種誘惑力。

「坦白而言確實是呢，不過我也很想知道，你為何會打破這個傳統讓我在這時見到『罪之輪盤』？」

「哎呀呀……那當然是因為，吾有種預感……你將是最後一屆的鬼皇。」

「哦……能否告訴我讓審判者有了如此預感的理由呢？」西法聽聞格蘭沙的話後，眉頭充滿興味的一揚。

「直覺就是如此，你要吾怎麼向你解釋個清楚？不過，吾的直覺向來挺準確，也就因為這麼簡單的理由，吾便讓你這位可能是最後一屆鬼皇之人，來見這臺服侍過歷代鬼皇的『罪之輪盤』是生得何樣……也許在你之後，就再也沒人會用上它了。」

格蘭沙用著慵懶的嗓音回覆了西法，他低垂著眼簾，擦有紅色指甲油的手憐愛似的觸碰了運作中的「罪之輪盤」。

西法見著了這一幕，暗暗莞爾一笑，心想那個傳聞中冷酷又殘忍的審判者，居然會對一臺機體流露出情感，而且似乎還是當事者自己未察覺的狀態。

「吾來向你說明一下『罪之輪盤』的運作流程吧。」

格蘭沙突然這麼說道，這讓西法心中的那個念頭更為確定。

——格蘭沙確實對這臺「罪之輪盤」抱有感情。

西法可以感覺得出格蘭沙對索恩的情分，都還比不上對這臺機體的感情真摯。雖然對一個長年累月陪伴在身邊的物體有了感情，不是一件多麼罕見的事，就好比車主對開了二十年的車子一樣，有了一種依賴的情誼。

西法一邊這麼想，耳邊同時傳來格蘭沙的說明。

「『罪之輪盤』的七道關卡，就是驗證鬼皇資格的七道手續，你所見到的，那顆正在輸送帶上的紅色球體就是你提供的七宗罪靈魂所糅合。每一關卡代表一種罪名，比如第一關是虛偽、第二關是貪婪……每當球體通過這些關卡時，就會檢測被關在球體之中的靈魂代表，確認後即可通往下一關。」

格蘭沙繼續說：「現在如你所見，球體來到了最後一關，代表『怠惰』的關卡前，只要再一天的時間，『罪之輪盤』的驗證就完成了……屆時，『罪之輪盤』就會將象徵鬼皇的信物帶到你面前。」

「鬼皇的信物……就是那個吧，名叫『逆十字王冠』的東西。」西法一手托著自己的下巴，對著格蘭沙問道。

「看來你也知道嘛！不過說實在的，吾已經好久、好久沒再見到『逆十字王冠』的實體了……呵呵，希望西法你能不讓吾失望，好好成為一名鬼皇，讓吾再見一次『逆十字王冠』吧。」格蘭沙轉過身來，面向身旁高出自己一顆頭以上的西法，釋出有如女子一般的嫣然笑容。

「那是必然的。至今為止我可是抱持著怎樣的決心才走到這一步，鬼皇的地位自是一定會拿下。」

西法的口氣雖是說得輕鬆，表情也保持著一貫的從容，但每當提起鬼皇一位時，內心的激動只有自己才知道，他總能將情緒隱藏得很好。

這時，又傳來一道清脆的敲門聲，格蘭沙幾乎不假思索就對門口的方向道：「進來，索恩。」

「是，格蘭沙大人。」

先是聽見門外傳來恭敬的答覆聲，接著門把一轉、門扉應聲開啟，就見索恩的身影走入格蘭沙和西法眼中。

「有何事要說？你知道這個時候吾不願讓人打擾吧？最好是相當重要的事，不然即便是索恩你，也得接受吾的懲罰。」格蘭沙略帶慍色的蹙起眉頭，語帶威脅的向早已單膝下跪的索恩道。

「是，格蘭沙大人，是非常重要情急之事，小的認為非得即刻向您報告……」

索恩說完，得到了格蘭沙同意的他，一個箭步向前，對格蘭沙耳語一番。

把話說完後，索恩退了一步，格蘭沙便對西法泛起了一抹微笑道：「西法，你最希望見到的那個人……就在咫尺了。」

△▽　△▽　△▽　△▽　△▽

連夜搭著私人飛機一路趕來，現在好不容易可以讓雙腳踏到堅實的地面，雖然肩挑著裝有衝鋒槍的背包，柳阿一仍想伸個懶腰高喊一聲「終於到了」。

還在飛機上時，天空尚是一片黑暗，但隨著時間的推移，一下飛機的柳阿一一行人剛好趕上了天色要轉為魚肚白的剎那。

這代表著又一天過去了。連同搭乘飛機的時間，柳阿一掐指一算，今天已是第七天，也就是「罪之輪盤」進行驗證的最後一日。

立即感覺到時間所剩不多的壓力，柳阿一嚥下口水，連同本來剛下飛機那瞬間的舒爽都被吞噬；不光是他如此，柳阿一也見著陸續下飛機的眾人：殷宇、尚．溫徹斯特、尤特都是板著嚴肅面孔，基本上都沒人表現出過於輕鬆悠哉的一面——除了頂著卓格與阿大綜合外表的阿斯莫德以外。

「喲，這裡就是愛丁風堡啊？唉呀，真是一點也沒變。你說是不是呢，尚？」

阿斯莫德舉起右手遮在眼前，做出一個像在眺望遠處的動作，語氣仍是帶點玩世不恭的態度。

「給本公爵閉嘴，阿斯莫德！不要把本公爵說得和你很熟似的！」

尚．溫徹斯特只要對上阿斯莫德，就是標準制式化的惡狠狠態度。

「不過，愛丁風堡確實和以往一樣，明明立於這片土地已有很悠久的一段歲月，仍不見它有任何的改變……看來，果然是因為這裡存有鬼皇信物的關係，就是靠它的魔力維持住這座建築，使愛丁風堡不至於被風蝕到傾頹的地步。」由於自己也活了一段相當漫長的時間，並且曾因緣際會下見過愛丁風堡一面的尤特，不禁拄著下巴難得認同了阿斯莫德的說法。

「總而言之，就是個不祥的地方啦……當然，裡面也一定住著很不祥的人物……」柳阿一嘆口氣，雖然自己和這群人已走到這一步，他還是偶爾不禁會想念一下，過去只是單純趕稿、寫字和大部分時間都在拖稿的日子……真是萬萬沒想到會因為一本不起眼的勾魂冊，讓他的生活至今有了如此大的轉變，而且還是超乎常理的改變。

「不祥？會嗎？我倒是覺得很令人興奮呢，永不老朽的建築、鬼皇的信物，以及住在這棟古堡裡的神秘人物……難道柳先生不覺得很有趣嗎？有趣到讓我都躍躍欲試了呢。」殷宇一邊面無表情的說著，一邊將他拿在手裡的狙擊槍上膛、發出清脆的聲響，一副「我準備OK」的模樣。

「不，你的外星人腦袋不能拿來跟我這個正常人相提並論，殷宇。」

柳阿一有時想到自己目前的處境都會很想哭，因為算來算去，身邊本來有一個還算明理的阿大，可現在卻連阿大都被一名惡魔附身了──嚴格說起來是被卓格與惡魔同時附身──他周圍還有正常人可言嗎？而尤特是長生不老騎士，小尚是一名鬼魂公爵，至於殷宇……他更是從頭到尾都沒認可過這傢伙是正常人！

「不過……我還以為鬼皇儀式的舉行地會長得多可怕……現在一看還滿普通的嘛，就是一棟老舊但又沒啥損壞的城堡罷了呀。」柳阿一觀察著矗立於眼前的這座愛丁風堡，說出了自己的內心話。

「啊，就目前看來確實是很普通，再普通不過了，但是只要這麼做的話……」

阿斯莫德回應了柳阿一，他露出含著深意的笑、往前走了幾步，接著攤開右手掌心，召喚出那把讓尚．溫徹斯特臉色又刷青的「火焰之劍」。

唰！

將握在手中的火焰之劍揚起、往前方看似毫無異狀的古堡方向揮下，火光拉長尾巴的瞬間，似乎有什麼東西破碎開來，鏗然清脆的聲響令在場所有人都聽得一清二楚。

「這、這到底是……！」

柳阿一話還未說完，就見到前方一直被他貼上「普通」、「平凡」和「沒什麼」的景色開始扭曲，就好像他在電影中所看到的特效，所有一切都在眨眼之間有了驚人的改變──

原先被柳阿一視為再普通不過的愛丁風堡，搖身一變成了純然灰黑色調的建築物，城牆上豎立一尊尊表情猙獰的怪物雕像，以及本來還算有點曙光照耀的天幕，都在這一刻變成昏天暗地的顏色，就連從前方吹來的風和氣味，也氣溫驟降到讓柳阿一打起寒顫以及聞到像發黴般令人不快的潮濕味。

在愛丁風堡的周圍，更見到一道看似為護城河的結構，和一道降下用來通過護城河的橋梁。

「好驚人……難、難道剛剛那就是所謂的……結界？」

柳阿一腦袋裡只能對剛才的種種做出如此理解，他實在想不到還有其他可能，除此之外，他更得撤回前言，這座愛丁風堡果然一點也不普通！

「應該是這座古堡的主人，那個人妖一樣的傢伙所設下的結界，目的也是為了不讓一般人類發覺這裡的奇異，不然以那傢伙傳聞相當孤僻的個性，肯定會覺得很困擾的呀。」

語畢，阿斯莫德笑了笑，拿起手中的「火焰之劍」一看，再道：「這道結界可不是普通的難破，即便是我要進入也得耗一下力，不過託這把劍的福，只要這麼輕輕一揮就能簡單破除……呵，真是越來越喜歡這把劍了，真想把它帶回去給吾王當作收藏品啊！」

「收藏品什麼的就別妄想了，我們還是快點前進才對。」尚・溫徹斯特白了阿斯莫德一眼，就邁開步伐自顧自的先往前走。

眾人紛紛跟上。他們發現越是接近愛丁風堡，空氣中越是飄來加重的血腥味。本來還不曉得那味道是哪來的柳阿一，直到能夠看清整條護城河內的景象後，他瞬間渾身湧上一陣惡寒、恍然大悟。

「我的天，這這這……這就是所謂的『血流成河』嗎?這條護城河……居然有那麼多屍體堆積在一塊！」

柳阿一下意識的用雙手摀住自己的口鼻，太過刺鼻的血腥味和腐臭味都像要扒開他雙手、闖入鼻腔，讓他不禁往後連退數步，臉色驚恐的看著這宛若人間地獄的光景。

「看樣子，這就是西法渡河進入的方法……真是不可原諒！」

尤特繃緊臉部的線條，除了憑他所知和猜測得出這條推論外，也由於瞄見了城門旁有艘無人的小舟，才讓他更加確定了這個想法。

尤特的臉上溢滿了憤怒，騎士的精神、正義的理念已深入骨髓的他，看著那一列列排開、橫豎或交疊在一塊的屍體，就會聯想到他們曾與自己一樣是個會笑會動、有血有肉的活人，也許還有大好的人生正等待著這些人，卻被西法活生生的扼殺了。

思至此，尤特就更不能原諒西法，他說什麼都要讓那個人付出代價。

「尤特先生，你的心情我們能夠明瞭，但是現在似乎有個人自城門內走出來了。」

殷宇的聲音傳進尤特耳中，同時殷宇也將狙擊槍口對準前方可疑的身影，一旦察覺對方有惡意企圖就會立即開槍。

「呵，若我沒記錯的話，那傢伙是審判者的走狗吧。」

相較於立即戒備起來的其他人，阿斯莫德碧綠的眸子正帶笑的注視前方逐步迎面走來之人——索恩。

「鬧事者，我索恩遵奉格蘭沙大人之意，要除掉你們。」

走過橋梁、來到眾人面前的索恩眼神轉為凶狠銳利，殺氣上身，和他待在格蘭沙身邊時的溫順形象相差甚遠。

「啊，你要大開殺戒了呀？沒關係，反正我們這邊也有個殺人不眨眼的驅魔人……哎呀，真巧，那個人好像就在我的身後哦。」

柳阿一嘴角勾起一抹陰寒的弧度，然後慢慢的往後退，替補上來的是站在他身後的阿斯莫德。

「妖物，我以神之旨消滅你。」

說著正氣凜然的話語，操著渾厚且低沉的嗓音，以及露出令人一看就會冷汗直流的肅殺表情——這些特徵此刻來自於前一秒還舉止輕佻的阿斯莫德。

對於阿斯莫德這突然且驚人的改變，柳阿一等人還難以反應過來時，索恩睜大雙眼、神色明顯動搖的道：「你是……！」

自索恩金色眸子反映出來的，是一名穿著一件黑色風衣、身材頎長的男人，那人的面貌與其說是冷酷，更不如說是冷血般的神情，一頭金色的俐落短髮隨風舞動。

「讓還是不讓？」

索恩眼裡的金髮男人左手直指著他，一副相當輕蔑厭惡的模樣，那令人全身起寒意的目光，卻有種與威嚇眼神不協調的神聖之光。

「……我只遵奉格蘭沙大人之意！閒雜人等休想踏入愛丁風堡一步！」

索恩直盯著眼前的金髮男人，他的語氣乍聽之下仍是一貫的死板，毫無感情的起伏，但是他那顆被格蘭沙封印的心，竟產生出對金髮男人的一絲懼意。

「哼，既然這是你的選擇，那就不要後悔。」

讓索恩懼怕的金髮男人冷哼一聲後，揚起手中的「火焰之劍」。

「我以對神之信仰、對神之虔誠之心，消滅妖惑的汝等！」

語畢的瞬間——

索恩的頭顱已被砍下。

「喀啦。」

頭顱掉落的聲音，在這沉寂的地方顯得特別刺耳。索恩瞪大那對無法閉合的雙眼，被砍斷的頸子沒有半滴血水流出，在頭頸分離的瞬間，索恩的肉體剎那間化為一個木製偶身，僵硬的俯伏在地上。

「格……蘭……沙大人……」

被斬落在地的頭顱吐出這五字後，也化為了木製偶頭。

「剛、剛剛到底發生了什麼事？」即使目睹這一整個過程，自認沒有漏掉任何一眼的柳阿一，仍舊搞不清究竟怎麼一回事。

阿斯莫德怎會變了個人似的……難道會是他一時興起、假扮成符合驅魔人形象的模樣嗎？還是說，剛剛那個揮劍砍下索恩頭顱的人真是——

「唉呀呀，可惜啊可惜，就這樣簡單毀掉一個好人偶……卓格啊卓格，你還真是可怕，心狠手辣的程度連我這個做惡魔的都讚嘆不已啊！」

再次傳來令人熟悉的說話方式，剛剛還以無比冷酷和嚴肅態度說話的男人，現在又變回了大家所知道的那位輕佻、卻又難以捉摸的惡魔阿斯莫德。

「瞧你們用錯愕的眼神看我就知道，是不是對於我方才帥氣砍下人家頭顱的表現感到吃驚呢？別緊張，我阿斯莫德雖然是個惡魔，但對於殺人取命這種事還沒那麼熱衷，剛剛跑出來占據這個身體的人，就是你們最想喚醒的卓格吶！」

阿斯莫德笑著說，握在手裡的「火焰之劍」已然消失，當然他也不把掉在跟前的索恩偶頭當回事，反倒是對於卓格的突然出現、眾人的反應，表現出一副樂在其中的模樣。

「原來剛才那個人是卓格……比我想像中的還要……」

可怕。

柳阿一不禁為這個念頭打起一道寒顫。

有那麼一瞬間，柳阿一甚至認為，剛剛一劍砍斷索恩頭顱、毫不猶豫連眼都沒眨一下的卓格……遠比身為真正惡魔的阿斯莫德還要來得令人畏懼。

這也難怪卓格才一開口，索恩就嚇得什麼話都說不出來，才一眨眼的時間就頭顱落地……果然，最強驅魔人之稱名不虛傳，但這名氣卻是架構在他充滿壓迫、殘酷無情的強大與果決之下。柳阿一這下更懂了，這世上為何僅有這個男人能打得贏西法，因為和西法相較之下，卓格給人的恐懼絕不亞於他！

「快走。罪惡的吸血鬼與審判者都在裡面。我必須奉神之旨意，消滅他們。」

在柳阿一低頭思索時，忽然聽到一句令他心驚膽跳的話語，柳阿一還以為是卓格再度現身而趕緊抬頭一看，卻發現對方的感覺又與卓格現身時有些不同了。

「看你們都一副嚇著的表情——上當了啦！這次是我假裝的，怎樣？我學得很像吧？不過，剛剛那的確是卓格想對你們說的話，所以還是快提起腳步前進吧。」

阿斯莫德訕訕的向眾人一笑，就踏出他絲毫沒有緊張感的輕盈腳步、走往已無人阻攔的愛丁風堡城門。

雖然對於發號施令的人是名惡魔感到不服，但他所說確實沒錯，大夥也只好壓下心中的種種念頭、快快跟上。

在通過堆滿屍體和充斥刺鼻血腥味的護城河時，柳阿一盡可能屏住呼吸，不往下看，向前的腳步比誰都還快。他總有這樣的感覺，彷彿一旦往下看去，就會對上死者無法瞑目的雙眼……

好不容易抵達了愛丁風堡城內，一路憋氣的柳阿一差點都要沒氣了，他看看周遭的人個個神色淡定，就更難過自己為何只是一個普通人，這些人是絕對不可能體諒他的難處吧。

柳阿一垂下肩膀、兩手按在膝蓋上，垂著頭的他正想好好喘口氣，卻聽到站在自己前頭的阿斯莫德發出了聲音。

「嗯……真是充滿惡趣味的裝飾品啊……呵，或者該說這其實是迎賓禮呢？」

「裝飾品……？迎賓禮？」

柳阿一納悶的抬起頭來，往前方一看，赫然有道驚人的景物跳入眼簾。尖叫差點脫口而出，柳阿一趕緊用雙手摀住自己的嘴巴，目光怔怔的望著前頭，無法移開。

「多麼殘忍的凌虐手法……」尤特握緊了拳頭，忍著胸口中的不捨和怒意將這句話脫口而出。

現在身處於愛丁風堡一樓玄關大廳的五人眼前，正中央的位置擺了一尊乍看下猶若雕像，但實為真人的「擺設」。

從身體結構上來看，突出的胸部和纖細瘦弱到病態的身軀讓人知曉了性別，她是個女人，披頭散髮，身上衣物破爛不堪，遍布可見骨的傷口、爛瘡和瘀青；女人的雙手被麻繩高高的綁在一條橫槓兩側，整個人被垂吊起來，在她的雙腳之下，還有乾涸的血漬，可以想像這些血是順著她的大腿內側流下。

女人死不瞑目的睜著眼，破皮的青紫色雙唇微開，像是有話想說，如今卻再也無法訴出；她的神情哀戚，還有一種脫力感……

「從她變形的背脊和腿部骨架來看，這個女人，生前似乎還受過相當嚴峻的刑罰。」殷宇是唯一一位走上前去、近距離且全方位角度觀察了這名女子之人，他以嚴謹的聲音透露出死者生前遭虐的往事。

「下手虐待的人是有多恨她啊……」柳阿一不禁搖了搖頭，雖然他一方面也糾結於殷宇到底是出於對屍體的獵奇興趣而觀察，還是純粹只是刑警的本能行事……不過這都不重要了，他柳阿一不想再深究。

「願她安息……」最後是尤特走到女人的面前，為她覆蓋住雙眼、將僵硬的眼皮往下闔閉，這是尤特自認唯一能為這女人做到的事。在過去的騎士生涯中，作為一名騎士是最不忍看見女人和小孩受害的畫面，他總會為此而心痛不忍。

「雖然她很可憐，但是她被擺在這裡似乎有其他的意義。一來是這座城堡的主人想嚇阻我們……二來，是這女人的手被動了點手腳。」尚．溫徹斯特雙手抱著胸，眼神認真的掃過死者的姿態，說出了他的結論。

「被動了點手腳？這話是什麼意思？」柳阿一不解的問。

「看看她的兩隻手掌。」尚．溫徹斯特往前跨出一步，這下連他也拉近了與死者之間的距離，「左、右兩手的食指都伸了出來，你們不覺得奇怪嗎？」

「被你這麼一說還真是這麼回事……」

柳阿一順著尚．溫徹斯特所指的方向一看，他這才察覺到這突兀的一點，可能是方才對於女人的死相所衝擊到，而沒注意到尚．溫徹斯特所說的這詭異情況。

「這絕對不是自然的死亡姿態，若搭配這座大廳的設計來看，各位，大廳兩側剛好有兩道通往不同入口的螺旋狀階梯，這名死者的手勢依本公爵研判，應當是作為指示的效果。」尚．溫徹斯特正色的托著他的下巴，目光篤定的看著被吊起的女人。

「那麼，若只是要告訴我們有兩個入口可選擇，也大可不必將她的手弄成這樣吧？我們自己用看的也知道有兩個入口啊。」柳阿一聳了聳肩，困惑的向尚．溫徹斯特提出問題。

「你這個平民說到重點了。」尚．溫徹斯特彈指一聲，指向柳阿一，眼睛好像更在那瞬間透出精光。

「喂喂，用不著這樣耍帥吧……」柳阿一露出了死魚般的眼神，心想小尚那傢伙是自以為在扮演帥氣偵探嗎？

「死者的左手，指向左邊入口的食指指甲上，被塗了非常精緻漂亮的蝴蝶彩繪；至於死者的右手，則相反的被剝下了指甲、露出相對怵目的肉色，不覺得這其中隱含著某種意思嗎？」尚．溫徹斯特壓低眉頭，用充滿深意的眼神望向所有人。

「唔，還真是別有所指的意圖啊……那到底該走哪個入口才好呢……」柳阿一的眉頭都糾結在一塊，一時間真無法解開這兩隻手指的暗示之謎。

「不然我們就分批前進吧。」阿斯莫德一手擱在後頸上，扭了扭脖子，一副「瞧你們擺不定」的樣子。

「說得這麼容易，你倒是說說看要如何分配啊？」柳阿一沒好氣的反問阿斯莫德，既然這座城堡的主人都已先下足了馬威，恐怕在那兩個入口之內也會有什麼東西在等待他們，要怎麼分配前進的適當人選，甚至如何安排會合，都是一個問題。

「很簡單——憑直覺。」

「哈啊？你是惡魔吧！惡魔應該能夠感應或占卜到什麼才對啊！」

哪有這麼不可靠的惡魔？這傢伙是當假的吧？

柳阿一忍不住的吐槽了對方，難道就要憑這傢伙的直覺而賭上他們的性命安危嗎？

「很不湊巧的，那一類的能力不是我所擅長，不過要是誘拐女人或迷惑人心我倒是很拿手呢。」

「誰想聽你擅長什麼啦！你這變態淫魔！」柳阿一終於能夠理解為何小尚會如此討厭阿斯莫德了。

「其實，分批前進這點我是贊同的，不是有句話說『雞蛋不能全裝在同一個籃子裡』嗎？至於如何分配……只要能守在領主大人身邊我都可。」

「哼，本公爵則非得守著那個惡魔，本公爵要緊盯著他，以防這傢伙做出什麼壞事。」

「呵，那這樣一來不就決定好了嗎？尚和尤特隨我一起前進，人類二人組就前往另一個入口……你們看，這不就是很好解決的一件事？」阿斯莫德嘴角微翹，眼神則開始打量著前方左、右不同的入口，思索著要選擇哪一個進入才好。

「人、人類二人組……殷宇那傢伙明明是個外星人……」莫名其妙與殷宇分配到同組的柳阿一，總覺得這其中有著深深的誤會。

「那麼，我和柳先生就選擇右手邊的入口。」殷宇突然做出果斷的決定。

「欸？這、這麼快就決定好了？你選擇的依據是什麼呀？」柳阿一好奇的問。

只見殷宇推了推眼鏡答：「沒什麼，我只是喜歡指甲整片被剝下來的那種感覺。」

「這還叫沒什麼啊？你這個獵奇控……」

「你說什麼？」

「沒、沒什麼，我什麼——都沒說。」赫見殷宇射來一道透出精光的視線，面有惶恐的柳阿一立即改口。

「很好，那就快點分隊前進吧，右手邊的入口就拜託你們囉，人類二人組。」阿斯莫德一手插入口袋中，朝柳阿一和殷宇的方向眨了一眼後，便絲毫無危機和緊張感的步上左手邊階梯。

「這傢伙是來大冒險的小學生嗎……那麼悠哉的態度看了真令人不爽啊……」柳阿一眼神已死的望著阿斯莫德越來越遠的背影，喃喃自語。

「喂，平民，要是遇到什麼危險就別勉強啊，掉頭往後跑就對了。」尚．溫徹斯特在跟上阿斯莫德的腳步前，回過頭來對著柳阿一和殷宇說道。

「領主大人說得沒錯，尤其兩位皆為凡人，更萬萬不能冒太大風險。」尤特再次鄭重的叮嚀。

「知道啦，你們別像老媽子跟老爺子一樣對我們千叮嚀萬交代的——你們自個也要多小心啊。」柳阿一雙手背在後面，對著看向自己和殷宇的那一對主僕道。

「柳先生不足的地方我會補上，柳先生遭遇危險的話我也不會將他拋棄，頂多事後再跟他算帳。」

「後面那句就免了吧，殷宇……」柳阿一眉頭皺了起來，嘆了一聲。

△▽　△▽　△▽　△▽　△▽

愛丁風堡內，位於玄關大廳的眾人開始分道揚鑣，各自踏上兩個截然不同方向的冒險之旅。柳阿一和殷宇順著蜿蜒的階梯，懷著忐忑的心情進入了右手邊入口……殷宇有沒有很忐忑柳阿一不知道，但至少他自己心裡莫名的七上八下，打從殷宇選擇了右邊入口後。

柳阿一也不知道為什麼，這股不安沒來由的不斷在心底催化，形成一朵朵厚重的烏雲，密布籠罩著他的內心；心臟跳得很用力，彷彿每往前走一步，力道就會再加重一些，幾乎讓柳阿一有些喘不過氣。

「柳阿一呀柳阿一，拜託你別那麼沒用啊……」

柳阿一喃喃自語，他的處境就是明知前方有什麼在等著自己，卻仍要往虎口前進，於是像是要鼓舞自己一樣，他抓緊了背帶，遠從另一個國家帶來的改造衝鋒槍就在這個背包之中。

他告訴自己，不要緊的，沒問題的，就算前面有何妖魔鬼怪，只要馬上拿出背包裡的衝鋒槍往前掃射，就可以了，大不了馬上掉頭逃跑……柳阿一如此默默的洗腦自己。

「柳先生，你也用不著如此緊張吧，臉色都綠了，到時遇到敵人的話又該怎麼辦？」走在前頭的殷宇回頭看向柳阿一，平淡毫無起伏的聲音中隱約帶有一點擔憂。

「不、不要緊的，我會很快調整好的。」柳阿一搖了搖頭。

實際上目前周遭的一切確實也沒什麼好擔心，走進右方入口後，迎來的景象其實不過就是一條長長廊道，右手邊是一扇接著一扇的落地窗，還看得到外界的光景，昏暗的梧桐樹有種了無生氣的感覺。

雖然心中那股不安仍無法化解，甚至更說不上來，柳阿一還是想讓自己振作點，因為他想到了，殷宇肯定比自己還要更加心情沉重，他一定還牽掛著殷婷的事。其實柳阿一都知道，即使過了這麼多天，殷宇也從未放棄要救出妹妹的念頭，並打從心底還堅信一定可以做得到。

柳阿一不想在這樣的人面前表現得更難堪，他應該要成為殷宇的助力，支持對方，一起去實現殷宇的信念。

深深的吸一口氣，重新振作起來的柳阿一挺起了胸膛，然而正當他決定要和殷宇一起昂首闊步向前，看似無盡頭的長廊前方竟出現了一道身影。

殷宇和柳阿一立即戒備，各自的手都已探進背包中、很快取出狙擊槍和衝鋒槍來。

「真是全副武裝呢，兩位上門的貴客。」

似曾相識的嗓音、似曾相識的身影，這名男子的存在對殷宇和柳阿一來說更是不祥的象徵——

「西法……你居然還有臉出現在我們面前！」柳阿一用夾帶怒意的口吻喊出對方的名字，他手中的衝鋒槍已隨時準備掃射出數量驚人的鹽彈。

「快說，你把殷婷藏在哪裡？」將準星與長長的槍管都對準西法的殷宇，壓低聲音，冷冽的問。

西法聳了聳肩，嘴角挑著讓人生厭的笑答：「誰知道呢，我把珍貴的『塞特迦拉』藏在哪了呢……」

「西法！」

這下連殷宇也動怒的吼了一聲，已在扳機上的手指急著想扣下了。

「扳機扣下後，你們將一無所知哦。不過你們也應該曉得，這點小玩意傷得了一般妖魔……卻傷不了我的事實吧。」

西法輕輕的笑出聲，無論何時他總是一副過分從容、讓人厭惡的模樣，難以捉摸、深不可測，這點讓柳阿一他們聯想到阿斯莫德；但相較之下，阿斯莫德至今為止對他們所說的都是真話……而西法，他們從不曉得該如何評斷此人所言是實是虛。

「你，想知道『塞特迦拉』在哪。而你……則不想知道自己所失去的那段記憶嗎？」西法先是看向殷宇，接著手指向柳阿一。

「即、即便如此也用不著你告訴我！」

想要完全不動搖是不可能的，對柳阿一而言，他真的很想了解自己失去的那部分記憶，他想明白自己究竟為何選擇走上和西法進行交易一路。

然而，一方面他也清楚，西法現在所言是在蠱惑他，想讓他不對西法進行攻擊的意圖十分明顯。

「你當真不想從我這邊知道的話……又為何如此動搖呢？」西法對著柳阿一綻出微笑，語氣自若。

「我……！」柳阿一緊咬牙根，更是顯露出他的掙扎。

「柳先生，你別受他影響，對於你所失去的那段記憶，日後肯定也會有辦法得知——」

「除了從我這邊得知以外，沒有別的辦法了哦。」西法打斷殷宇的話，斬釘截鐵的道。

「吶，你是曉得的吧，地府的那個小女娃並不打算告訴你真相，不是嗎？那麼，除了我以外別無管道，現在，鐵錚錚的事實就擺在眼前了。」

西法朝柳阿一的方向往前走近。

反觀柳阿一低著頭、握緊雙拳，明明一旁的殷宇不斷向他喊話，他卻只聽得見自己內心渴求的欲望……以及西法那一句句宛若帶有魔力的話語。

「讓我來解開你心中的謎團吧……你會很感謝我的。」

眨眼間，西法已站到柳阿一的跟前，旁邊的殷宇正想出手阻止、哪怕做出一點干擾也好，但一切都太慢、一切都太遲，殷宇只能眼睜睜看著西法將手覆蓋到柳阿一的頭頂上——

這一刻，柳阿一只覺有什麼東西鑽進了他的腦袋之中，有某個開關被開啟了一樣。

像脫韁的野馬，再也無法阻止的往前直奔……關於柳阿一那段被封存的記憶。

V

惡魔在耳邊呢喃

那一年，對這名靠著以筆維生的男人而言，宛若置身於地獄深淵。

夜裡，室內沒有點亮半盞燈，坐在書桌前的他，面前擺著一臺已開機的筆記型電腦，螢幕的光線是這間房子內的唯一光源。螢幕中顯示著使用者打開了WORD文件，然而頁面上除了標題以外，就只有打了一行且未完成的句子。

男人雙手枕在桌面上，額頭緊緊的貼著自己長時間被壓住而略微發麻的手，看似在睡覺，實際上他的雙眼卻是睜著……眼白充滿了血絲。

連日以來他根本睡不著。眼睛為此而乾澀、發紅，身體似乎也累到一個臨界點，明明肉體上如此的不舒服，但對這名男人來說，精神上的折磨才是導致這一切的元凶。

「為什麼……寫不出來……」男人扯著低啞的嗓子，喃喃自語。

喉嚨好乾、口腔好澀，可是沒有任何一點動力驅使自己取水來喝，或者該說，現在幾無想要維持生理機能的動力，他想過，甚至是已在執行中……

他想要放棄自己。

「為什麼……寫不出來……」

一模一樣的話說了第二遍，就像魔咒一樣。他的腦袋不斷的重複這句話好幾次。

這一年內他都在如此反覆自問——

「為什麼寫不出來？」

男人深吸一口氣，似乎想要振作的伸直了身子，重新面對了黑暗中唯一透出光芒的電腦螢幕。

他伸出了雙手，將兩掌置放於鍵盤之上，雙眼注視著不停規律閃動的浮標，已經懸空、隨時準備可以敲下的手指，卻遲遲沒有落下。

「可惡……」

他咬著牙，發出這麼一句話。

「可惡……！」

當他再次說出一樣的話時，本來懸於鍵盤上的手握成拳狀，重重的敲擊下去，發出刺耳的聲響。

「為什麼……為什麼我就是……寫不出來……」

男人握拳的那一手仍持續緊繃，另一手則蓋住自己的雙眸，含恨又不甘的低聲喃喃。

擺在書桌上的手機，閃爍著來電的通知光芒，上頭的名稱顯示為「方世傑」，然而手機的主人卻不予理會，只是一味沉浸在身心都處於黑暗的狀態中，身心都受著自我的摧殘與折磨。

電腦螢幕上的字是黑色的、工整的、沒有半點感情的，就像一頭冷眼旁觀的野獸，冷血的看著面前的男人深陷於痛苦之中而沒有伸出任何援手……甚至還默默的推了對方一把，逼著對方跌入更深的惡夢之中。

如此狀態不知僵持了多久。

一天天過去了，每一日都重複性的做著一樣的事，電腦螢幕上的文件仍然幾乎空白，沒有任何進展，只有時間分分秒秒在明確的流逝不復返。

「為什麼……為什麼我就是……寫不出來……寫不出……」

如同唱盤壞掉、跳針一樣的字句，今天一如既往自男人嘴裡脫口而出。這陣子以來，這名長相英俊、曾經猶若模特兒般閃耀光芒的男子，至今已消瘦頹喪成另一個模樣：襯衫穿起來空空蕩蕩，鈕釦也沒一個扣對，蒼白的手總是無力的垂著，就連鞋子也都不再穿上，腳板赤裸且骯髒的隨地踩著。

他沮喪的坐在沙發上，這幾天連坐在電腦前的動力都沒有，只要目光一對上空白的文件檔，已不只是出現厭煩的情緒，現在還會有伴隨作嘔的感覺，從心理上的憎惡，變成了生理上不快的反應。

看著手機內的來電歷史紀錄，「方世傑」這個名字累積了好幾十通，但沒有一通是他有接起的。

他不想面對。

就連那個名叫方世傑的人都來到家門前，不停對門內的他喊話、敲門，他就是當作什麼也沒聽見、什麼也沒感覺到，一如他無感的稿子，沒有任何反應。

他知道方世傑不會這麼輕易死心，這期間那個人來來回回了好幾趟，他也都是用同樣的態度處理。

現在連一個字都擠不出來的他，是要如何交出一份完整的七萬字稿件？

思至此，他都忍不住嗤之以鼻的笑了，然後越笑越大聲，越笑越顯得癲狂，笑得斷斷續續、笑得胸口鬱痛。他也想解決這個問題，再想不過了，可是，要如何救回已持續將近一整年都沒反應的創作靈感？

他不是沒有嘗試，已經試過了各種方法，但就是沒一個滿意；讓他硬撐著寫出來的東西，沒有一篇是讓他覺得可以過目的、可以拿出去見人的。

作為一個靠拿筆維生的商業誌小說作家，雖然這說出來讓人覺得充滿銅臭味、貶低了文學的意義和美感，但他還是很想很想寫出一部能夠暢銷大賣、從中獲得更多版稅的作品。

或許他還沒有足夠能稱自己是一名作家的資格，但曾經寫過紅極一時作品的他，近年來因為靈感不足、產量減少不說，就連好不容易生出來的作品，受歡迎的程度亦每況愈下。

信心受到打擊，又每每見到同期的作者受到更好的待遇及人氣水漲船高，他的內心就開始不平衡，久而久之，惡性循環，越是在意越是難以放開束縛，即便他也知道這樣不好，他不可以再被他人所影響，應當要祝福別人的成功……

可是他無論如何也做不到。

好勝心和男人的自尊心，如兩道枷鎖綁著自己，他快要難以呼吸了，他快要受不了，但就在這一天，一個下著綿綿細雨的午後……

出現了一個轉變他命運的契機。

「叮咚。」

門鈴聲響，他原以為又是方世傑前來、不打算理會時，門外卻傳來了這樣的聲音。

「掛號信，柳先生有你的掛號信呦。」

房東先生的呼喊傳入耳裡，由於他住的是大樓，郵差通常都會在樓下管理室前轉告房東，由房東通知住戶來取件。

「有我的掛號信是嗎……我這就來。」

雖然總覺得搞不好又是方世傑寄來的信，但不知為何，男人還是起身去開門，不久後就取回一封包裝精美且典雅的信。

「沒寫寄件人？但是，這看起來也不像是阿大的風格……」

察看了信件的正面，他疑惑著沒寫寄件人的信怎會順利送到他手中；另一方面，他從這信封的樣式來看，也直覺不會是出自於他的責任編輯。

於是他又翻到信件的背面一看，上頭有個蝴蝶造型的紅色印泥封章……非常漂亮，造型栩栩如生，好像是一隻紅色的蝴蝶恰好停留在上、隨時都有可能飛走一樣。

「……這絕對不會是阿大寄來的信。」

看到這精緻的印泥，他更是確定了這個念頭，也就稍微安心的開始拆信來看。

「致柳阿一先生……」

打開信件，映入眼簾就是一行筆跡相當秀麗的文字，上頭以稍微生疏的敬稱作為開頭。

他想，這個時候還會有誰親筆寫信給自己？

衝著這個好奇心，他繼續閱讀下去，一看內容不得了，他的臉瞬間僵住。

「這、這個人……怎會知道我的處境！」

面露震驚的神色，錯愕和不解同時湧出，他拿著信件的雙手微微顫抖，因為這封信的內容……不，該說是這封信的寄件者，一語中的說穿了他內心的渴求以及想改變的現況，更了解他這陣子以來的痛苦。

如此的事還是第一次，卻也難以想像竟發生於自己身上。

「想要脫離現在的深淵嗎……想要寫出讓人驚豔又受歡迎的作品嗎……想要……我……」他先是逐字唸出信上所寫的內容，接著倒抽一口氣。

「——我想。」

對著信件說出了自己的真心話，這是他再渴求不過的願望，內心更早已說了好幾遍的「我想」！

他繼續看下去，信中指出若是想要達成願望，就按照信中指定的時間，拿著這封信到約定的地點，屆時就會見到這封信的寄件人，也就是最後在信內署名為「西法」的神父。

「西法神父……原來寫這封信給我的人……竟是一名神父啊……」

他看著信上的署名不禁喃喃自語。他開始猜想著，難道是因為這名神父具有什麼神通力，才會知曉他的苦處嗎？

有那麼一瞬間，他覺得這會不會是自己的救世主呢？將他從看不見底的深淵中救出，給予他希望的光芒？

決心要前往指定地點一看的他，整個人渾身又充滿了動力，開始打理自己的儀容，他期待在會面的當天，能給自己的救世主一個好印象。

但此時此刻的他並不曉得……

自己所嚮往的救世主——在不久的未來將對他造成更大的傷害。

△▽　△▽　△▽　△▽　△▽

已經好久沒像今天這一刻，覺得吸入鼻腔的空氣是如此清新，身體也比前陣子輕盈許多，現在他準備開著停放在地下停車場的車，拿著印有蝴蝶印泥的信件，要對照上頭的指示前往——西法神父所在的教堂。

懷著「一定要脫離現況」的念頭，他驅動了車子，駛向好一陣子都未曾踏出的外界。

藍天白雲，天氣異常的好，前些日子的梅雨季好似結束了，看著擋風玻璃外的陽光普照，讓他更加確信自己正迎向希望，那是打破現況的曙光。

隨著信中的指示，車子越開越遠離市區，周圍的景色漸漸從高樓大廈變成了鄉間小道，到現在則是一整路的墳墓錯綜林立。

他不以為意，他的心情仍是極好，心想著要快快到達信中所說的教堂。車子開著開著，他居然迷了路，而這時天色也暗淡了下來，繞了幾圈還是沒有找到正確的位置，獨自一臺車、一個人在滿是墳墓的環境下兜著圈子，就算是像他一樣的大男人也開始覺得不妥。為了找出信中所指的地點，他將車子先停到路旁，要來好好研究一番。

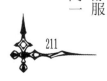

這個時候恰好有一臺小貨車經過，他趕緊衝下車攔住對方，想要從對方口中問得答案。對方也停下了車，他定睛一看，這才發現這臺貨車是載著棺材而來，一種莫名的不舒服感湧上心頭，但他很快將自己的心情穩定下來，待車內的人搖下車窗後，他問：「請問一

下，這附近有沒有一座叫巴特菲萊的教堂？」

「教堂？」

對方似乎遲疑了一下。貨車的司機是名中年大叔，口中還叼著菸，滿布汗水的臉孔上閃過一絲納悶。

「是的，請問有沒有印象呢？知道個大概也可以，把你所知道的都告訴我吧。」

「……這位小哥，你要找那間教堂做什麼？」對方皺起眉頭，表情複雜的反問。

「我收到那裡神父的來信，想要找他。」沒想太多，他也如實的回答，卻沒有察覺對方的神色有異。

「回頭吧──趁現在還來得及。」對方語重心長的道，神情亦是凝重。

「欸？」他一愣，還沒從對方奇怪的言行中反應過來，當他稍微回神的時候，貨車的車窗已經被搖上、引擎聲發動。

「等、等等！你還沒告訴我教堂的所在啊！喂！」

情急之下他不斷拍打著車窗，但見對方完全沒有理會的打算，很快的就將車檔切換、油門一踩，載著滿車的棺材揚長而去。

「搞什麼啊……」

愣愣的看著車影遠離，他喪氣的垂下肩膀，拖著蹣跚的步伐走回自己的車子。

「到頭來還是不知道教堂在哪啊……那奇怪的臭大叔究竟在胡說些什麼……」

他不滿的噘起嘴，咋舌幾聲後，心想乾脆自己來好好研究一番、釐清路線的時候，天空已凝聚成灰壓壓的顏色，看起來快要下雨了。

「得在下雨前快點找到教堂呢。」開動車子後，他對著自己如此提醒著。

經過彎彎曲曲的小路和歷經數次的迷路後，他終於找到矗立於眾多墳墓之中的那間教堂。

「呼……看來我還是滿厲害的嘛，最終還是靠自己找到了啊。」

下了車後，他聳了聳肩，旋轉了一下自己的右手臂，一趟旅程下來的確耗了不少力氣，身體都僵硬了。

「這裡……就是巴特菲萊教堂嗎……那個叫做西法的神父……就在這裡頭吧……」

他抬頭仰望眼前這座教堂，和想像中的教堂建築外貌沒有太大的差別，應該說幾乎完全符合他的猜想，簡樸而乾淨，只是唯一讓他意外的是周遭景色，神聖的教堂被一座座墳墓所環繞，這是他全然沒料到的。

雖然多少覺得詭異，但是他握緊了手中的信，想著信中所提到的種種內容，將心裡頭的納悶和不對勁的念頭都一掃而空，對他來說只要能改變他的現況，比什麼都還要來得重要。

「打擾了……」

走進門扉敞開的教堂內，他首先看到一名修女出現在自己面前，一副像是等待自己已久的模樣，對他道：「神父就在裡面，請隨我來。」

「好、好的，麻煩妳了……」

他有些意外，但還是跟著修女往內走進去，穿過飛著各式各樣蝴蝶的庭園後，他終於見到符合信中寄件者形象的男人。

「歡迎，柳先生，我就是這裡的神父，西法……也是你手中這封信的寄件者。」

自稱西法的俊美男人微微一笑，有那麼一瞬間，就算是同為男性的他也會被這抹微笑所迷住，雖然很快就恢復了理智。

寒暄不到幾句後，兩人很快切入正式的話題。神父拿出一張紙，那是作為方才討論出來的「契約書」，神父告訴他，只要在這張紙上簽下自己的名字，並且遵守神父提出的規則後，就能夠達成他的心願。

「你想要寫出更棒的作品吧？」

「你想要讓世人見到你的天分吧？」

「你想再次嘗到在文壇上享有盛名的滋味吧？」

神父接連的詢問像催化魔藥，煽動著對方的內心。最終熬不過對於所求的渴望，他簽下了自己的名字。

落款後，他怔怔的看著自己的名字鮮明的烙在上頭，忽然間好像有種……好像是剎車再也止不住的感覺。

究竟為何有這份念頭他也不得而知，只是想著如此一來就能改變現狀，得到自己想擁有的一切，那麼便什麼都不重要了。

「那麼，從交易生效的這一刻起，有個規則請你務必要遵守……」

西法將寫上對方名字的紙收了回去後，便笑笑的對著他道：「爾後，只要在你身邊發生了任何一種能夠激發靈感的事件，即便明知事件的結果會是什麼，也都必須做好身為旁觀者的本分——絕對不能出手干預。」

「絕對不能出手干預？不好意思，其實你整段話我都聽不太懂是什麼意思……」

他不解的搖了搖頭，但見面前的神父只是食指抵在脣前，笑而不答，最後只給予他再一次的提醒。

「切記，若想達成並持續你的願望成真，就請務必遵守這條規定……否則，違反契約的下場即是……」

神父這時猶如刻意般的稍作停頓。

「懲罰將至。」

△▽ △▽ △▽ △▽ △▽

從教堂回來後的當天晚上，他試著打開久未碰觸的筆記型電腦，想要嘗試是否會有新的靈感湧入……在簽訂了那份說來詭異莫名的契約後。

電腦開機運作的聲音緩慢進行，在只有他一人居住的房間內，這樣的聲音顯得相當響亮，直到主畫面跳了出來，他開啟了文書軟體，面對著那份僅有標題的文件。

「……果然還是不行。」

他盯著螢幕良久，最終下了這個結論。

說實在的，至今想想，自己會相信那種交易還真是可笑，怎可能會有簽下某種契約後就能靈感源源不絕、甚至寫出會大賣好評的作品呢？

他自己都覺得當時會一頭栽進去真是太愚蠢了。

思至此，他不禁搖頭嗤笑，看來自己不過是做了一場美好的夢，如今不變的現實仍擺在眼前，沒有任何改變。

「碰咚！」

突然間，一道巨大的撞擊聲響傳了過來，他一愣，這聲音顯然是從隔壁的套房所發出。

「碰咚碰咚！」

震耳又詭譎到讓人想一探究竟的聲響，次數增加了。

「隔壁的鄰居到底在做什麼啊……」

平時寧靜的環境讓他很受不了如此噪音，加上好奇心的驅使，他索性走出自家、到隔壁發出聲音的房間一看。

房門是微微開啟的。

透過半掩的門縫，他可以窺見裡頭凌亂的地面，有不少東西都被丟棄在地上，但這還不能解釋方才他所聽到的聲響。

見著門內還有燈光，應該也是有人在吧，於是他基於禮貌低聲的詢問：「請問有人在嗎？我是隔壁的柳……」

自我介紹還未完，他就先聽到門後傳來陣陣哭泣聲，心中頓時萌生一股不祥的預感，他的直覺告訴自己最好即刻入內一看。

他嚥下一口口水，輕輕推門而入，第一次未經允許進到他人家中，很可能吃上官司讓他也著實擔憂，可是綜合方才聽見的巨響和啜泣聲，他還是想要一探究竟，也許能幫上一把。

當他進到鄰居的房間後，眼前的光景讓他大吃一驚，到處凌亂不已，如同被人翻箱倒櫃一般，東西散落一地；最前方的窗戶大大的開著，窗簾隨風狂亂的飛揚，右側的牆壁，也就是靠近他家的那一面牆上……有著血跡。

心跳在那瞬間猛然漏跳了一拍，他趕緊衝上前一看，在殘有血跡的牆壁之下，有名年輕的女子正跪坐在地上，發出囁嚅的啜泣聲，滿臉盡是淚水……其中最為怵目的是她的額頭上正流著血，傷口驚人。

「小姐？小姐妳還好嗎？我現在就打電話叫救護車來……」

「不要……不要！不要叫救護車來！我不要！我、我……我——」

臉色蒼白的女子硬是拉住了他，哭喊著強烈的阻止他，驚慌失措一詞最能形容她當下的模樣。

「我——殺了人啊！」

倒抽一口氣後再猛然的喊了出來，女子抓緊他的手，眼淚頓時流了下來。

一時間他難以置信的看著這名女子，女子用哽咽的聲音對他說：「我看到了……我看到他和另一個女人在一起……就在這間房裡……為了那女人……他、他抓著我的頭去撞牆！」

女子越說越激動，目光驚恐的看向沾了血跡的牆，「於是我……我反抗掙扎！終於從他的手裡逃脫！」

女子突然站起身，一個箭步走到敞開的窗口前，他原以為對方就要跳了下去，卻見她抓緊窗欞繼續說：「然後我就——一鼓作氣將他推了下去，連同他的那個女人！」

女子說完，他看見她露出了猙獰又欣喜若狂的笑，他跟著走到窗口前，往下一看，在黑夜裡隱約看到一名男子以奇醜姿態臥倒在地上……

之後，關於這件事怎麼處理、如何結束，他並不想再提了，總之後來一切都交給了警察處置，但是身為第一時間發現者，他從問訊偵查的過程中，打聽到事件背後令人驚奇的真相……

實際上當天真正墜樓身亡的，只有一名男子。

然而凶嫌，也就是那晚他所見到那名頭破血流的女子，卻堅稱她連同另一個女人也推了下去。

「不可能！我明明就殺了兩個人——兩個人啊！」

在他於警局做筆錄時，還聽見女人在偵訊過程中如此堅定的叫道。

警方為此還特意再回到現場搜索，最終依然什麼人也沒找著，現場檢驗出來的血跡反應都是那名男性死者，並無其他人。只是在這一次的搜索中，他們發現了一個不尋常之處……距離死者墜樓不遠處，有個人形娃娃也掉在那附近。

「我殺了那女人——對！是個有著一頭波浪長金髮的女人！」

那是他當天做完筆錄前，聽到那女人所高喊的最後一句話，而警方也初步研判，這個娃娃就是那女人所說的「波浪長金髮的女人」，因為特徵完全符合，除了不是人這點以外。

雖然案情至此，他便再也沒能旁聽到警方辦案的詳細過程，但是莫名的，因為這個女人的關係，他忽然湧上了久違的滿腔創作欲望，他想寫下來，他想將其寫成他的故事、他的作品，他有預感，這將成為他重新登上暢銷作家排行榜的踏腳石。

標榜真人真事改編的故事本身就很吸引人，他再運用自己的想像力，將這個撲朔迷離的懸案，透過他的筆鋒寫得更加離奇、更加戲劇化。

於是，他以出乎自己意料的奇快速度寫完了這本小說，並得以快速出版和獲得了預期的好評與熱銷。

這篇故事的內容大抵是如此。

一名女人撞見自己的情人與他人有染，一氣之下憤而將情人和外遇對象推落窗口、墜樓而亡，在這之後她堅稱自己殺了兩個人，警方卻只發現一名男性死者，唯一符合凶嫌所說的另一個女人特徵之人……便只有遺落在男屍附近的人形娃娃。

在故事主角抽絲剝繭下，調查出所謂背後的真相——女人長年患有嚴重的精神疾病，本人卻渾然不知，案發當晚，她的情人，實則為一名人形娃娃的雕刻師，正在仔細且認真的調整作品的臉部細節，然而看在女人眼中，她卻將逼真的人形娃娃誤以為真人、幻想成真人，正被她所愛的男人溫柔的撫觸、憐愛的捧著她的雙頰，並且凶嫌還幻想人形娃娃轉頭面向自己，朝她拋了個輕蔑且得勝的眼神。

凶嫌憤怒不已，她為此歇斯底里的痛哭出聲，翻箱倒櫃隨意亂砸、亂扔東西，其中原以為是男人抓著她去撞牆的情節，實則是凶嫌自個拿頭去撞牆，造成血跡留在牆面之上，「碰咚！碰咚！」的聲音好不驚人。

男人想阻止她，卻反被凶嫌往當時恰好敞開的窗口推去，一個重心不穩就當場墜樓，然而氣憤中的凶嫌並未因此罷手，她拖著眼中的「外遇對象」，將人形娃娃也一併往窗口推下——自此堅稱並深信自己「殺了兩個人」。

故事到此作為一個結束，成了筆名與本名同為「柳阿一」的這個男人近來最賣座作品，他為此高興得不得了，他宛若重獲新生，他知道當初的交易不是如夢泡影，他知道當初所見的那名神父——當真是他的救世主，拯救了他的寫作生涯！

爾後，諸如此類各種不可思議的事件，都接二連三發生在他能夠親眼所見、伸手可及的生活範圍之中。一次次的事件成了他下一部創作的靈感，更因此成了一套單元劇系列作，熱銷和大獲好評的程度是他始料未及。

起初還很珍惜並高興能夠掌握到如此多題材，但隨著目睹和身處的事件次數越來越多……他開始覺得不自在了。

墜樓、槍殺、溺水而亡、分屍，還有意外連環車禍、自然災禍等等事件，他越看越多，越看越覺得連自己都感到害怕了。

他就像一個強而有力的中心磁鐵，盡是吸引那些駭人聽聞的事件發生在自己周遭，他有時甚至可以在中途期間，就能預料到整起事件的最終結果，無論哪一個事件都是再悲慘不過的結局。

他越來越覺得受不了，可是腦海總會想起那名神父說過的話……

「爾後，只要在你身邊發生了任何一種能夠激發靈感的事件，即便明知事件的結果會是什麼，也都必須做好身為旁觀者的本分——絕對不能出手干預。」

以及最令他感到毛骨悚然的四個字……

「懲罰將至。」

只要想起這個，他就不敢出手干預，只能眼睜睜看著一起又一起悲劇發生。到了最後，他甚至連提筆寫下故事的動力都沒有，他身心為此受到難以想像的煎熬，可是又恐懼著所謂的懲罰。

直到那一天，新聞近來都在報導的連續殺人犯事件……竟活生生的發生在他的眼前。

那天，他依然把自己關在家中，又恢復足不出戶的狀態，他想，只要自己不出門、不離開，也許就能將那些不幸的事件數量減低到最少。

然而總是事與願違，彷彿有魔咒強行要他接受這殘酷的命運。

當晚他見著對面鄰居家門前有個行跡可疑的男子，正鬼鬼祟祟的在人家門前來回徘徊，他馬上一眼就認出這名詭異男子的面容，正是最近新聞不斷報導要小心注意的通緝要犯，市中心的連續殺人魔。

眼見對方忽然架住剛歸來的男主人，就要將人質拖進屋內後，他當下第一個念頭就是想報警，可是他又想到，最近的警局離這裡至少四十分鐘的路程，這四十分鐘內，人質很可能就被殺害！

光是想到這點他便認定要立即處理，但就在他衝出家門前，腦海裡又想起了神父曾說過的話。

「可惡……可惡！我豈能明知對方要死卻見死不救！」

牙一咬、心一橫，良知最後衝破他的膽怯，他趕緊出門前往對面的房子準備救人。

那一次的行動他認為自己永遠都忘不了，在闖入有連續殺人魔在的屋子後，他是如何和歹徒纏鬥、靠著急中生智的技倆騙過對方，這中間過程如何驚險等等……在終於成功順利將人質救出後，他覺得這一切都可以寫進自己的小說中，成為另一種想嘗試的風格類型。

在此之後，他選擇低調行事，不讓媒體知道自己是這次的救難英雄，因此幾乎沒留下任何的報導。他想，這不過是自己的一種贖罪行為……在看了那麼多次慘絕人寰的悲劇後，並利用這些活生生、血淋淋的悲劇作為創作題材，進而獲得聲名和財富的自己，並不足以掛上讓世人盛讚的英雄之名。

救下了人的他，說也奇怪，從此之後再也沒有奇怪的事件發生在自己周圍，就好比他這塊磁石失去了磁力，恢復成再普通不過的生活。他想這樣也好，這樣就夠了，即使如此一來可能又沒有靈感和素材可供他寫作，但這樣一來他也無須再背負冷血旁觀者的身分。

在這之後，他一直想起當初那名叫西法的神父，絕對不能出手干預的規則如今被他打破，那麼即將迎來的……就是懲罰嗎？

懷著這提心吊膽的念頭度過一天又一天，從他救下了可能本該被殺的人質後，即便是走在看似完全安然的路上，也會出現著實可怕的意外。

差那麼一瞬間，他就要被突然鬆脫的鋼筋砸中；過個馬路明明是綠燈，卻險些被橫衝直撞的車子攔腰撞上；槍聲響起的剎那，他可以很明確的感受到子彈和自己擦身而過……

是的，一切都是從他破壞了規則的那天起，他陸續遭遇許多要命的意外，儘管每一次都死裡逃生，但他認真的懷疑，這絕非僥倖——而是故意要讓他逃過一劫。

他心中一直有個預感：真正的懲罰還未至。

這些日子以來，他不敢跟身邊任何一人說，就怕自己所遭受到的種種會連累到他人。他每日都活在驚恐之中，幾乎快到了神經焦慮的程度。他後悔，再後悔不過了，自己當初為何會犯傻的進行了那種交易……他也終於恍然明瞭，當初在教堂附近遇到的貨車司機會勸他快回頭的理由。

然而，一切都已來不及。

△▽ △▽ △▽ △▽ △▽

又是一個深沉的夜晚，這天降下久違的雨。

雨聲滴滴答答，聽在他的耳中宛若催命魔咒，近乎要逼瘋人一般，令他煩躁。

他的第六感強烈的告訴自己，神父——就是那個叫西法的神父，說不定今夜很可能要來向他索命，也就是真正的懲罰將至！

雖然這樣的念頭毫無根據，可是他知曉自己的直覺向來很準，特別是針對壞事。當晚他便匆匆拿出當初西法交易達成後再給他的信件，以防萬一的在信件背後寫上了「我不能讓他找上門，絕不！至少，要終結在自己的手裡。」這樣的話，之後連同信封一起塞進一個牢固卻不起眼的盒子裡。

這是他最後的寄望。

他已做了最壞的打算，假使要死於神父之手，他希望至少在日後也許會有警方，或者是身旁的友人發現這個盒子，盡可能的透過這點線索找出西法這個可怕的、很可能殺了自己的凶手。

午夜十二點，外頭的風忽然轉冷，明明是夏日卻讓他打起哆嗦，有道聲音不斷在他腦海裡說著、反覆提醒著——

「神父就要來了！」

「不……我絕對不要……我絕對不要連自己最後的結局都被那傢伙決定！」

他從櫃子上取出一罐裝滿不明液體的透明罐子，面露掙扎痛苦的表情。

「我絕對不要……就算只剩這條路……就算如此，我也……不想死於那傢伙的手中！」

他飛快讓自己換穿上最喜歡的一套衣物，像是要赴宴一般穿得正經且得體，並清洗了自己連日來憔悴的臉龐，噴灑一點古龍水之後，他拉開電腦桌前的椅子，沉重的坐了下去。

然後，他拿起那罐裝滿液體的瓶子。

——一鼓作氣的吞下所有液體。

在他的意識完全消逝之前，他似乎看見一道遲來一步的男性身影。對方還是穿著神父制服，打著傘進入到他的房間內，而那道撐傘的頎長身影讓他感到非常厭惡，深刻的厭惡，彷彿這一生即便結束、到下一世仍會持續厭惡著這兩樣事物：下著雨的日子、男人撐傘的影像。

在他闔眼之前，見著那傢伙面露意外的瞪著自己。

哪怕只是如此，都讓他懷著一股得勝的優越感……迎來自己人生的結局。

最終章

不為人知的真相

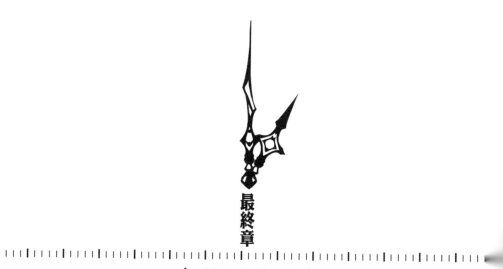

當柳阿一意識恢復後，愛丁風堡的場景、一旁殷宇急切的呼喚，以及站在自己面前冷笑的男人西法，都重新回到他的視野之中。

「怎樣，全都想起了吧？是不是該感謝我讓你找回失去的那段記憶呢……我曾經交易過的對象，亦是我唯一沒成功取回靈魂的漏網之魚。」和過去記憶中沒有任何出入和改變的西法，現正笑笑的對著柳阿一道。

「你這傢伙……就是你這傢伙害我落得如此下場！」

全部回想起來的柳阿一胸膛塞滿怒意，他二話不說就拿起衝鋒槍、猛然扣下扳機掃射前方的西法。

「呵，惱羞成怒了是嗎？但你似乎也忘了呢，當初可沒人強迫你要簽下那張契約……一切都是你自己的決定呀。」

西法的身影迅速的閃躲鹽彈，從容的姿態讓人看了更為火大。

「就算如此，就算柳先生也有錯在先——為此要殺人取命的你即是不對。」冷冰的語氣自殷宇口中脫出，同時他也冷不防的舉起狙擊槍瞄準西法扣下扳機。

「咻！」

自狙擊槍管射出的鹽彈，當場貫穿了西法的身體。

「打、打中了？」

柳阿一驚呼一聲，緊接著便見被鹽彈穿過身體的西法、化作一盤散沙瞬間消散。

「看樣子……出現在這裡的西法，不過是他的幻影或分身之類的產物。」從眼前的狀況推斷出如此結論，殷宇不認為西法會如此容易就消失在這世間。

柳阿一沉默的看著已不見人影的前方，低著頭，原本提起的衝鋒槍又垂下。一旁的殷宇見他如此沮喪，便走到柳阿一身邊，冷不防用力的打了一下他的背。

「痛……！殷宇你這傢伙做什麼啊！」柳阿一立即抬起頭對殷宇怒吼。

「別一副喪家犬的模樣，無論你過去經歷如何，現在都不該是糾結的時候，何況那麼做一點用也沒有，你還想浪費時間在上頭嗎？」殷宇推了推眼鏡，「你目前只要想著我們前來愛丁風堡的初衷為何就好，然後全力以赴，了解嗎？」

柳阿一壓低眉頭望著殷宇，不久他嘆了一口氣，伴隨嘴角揚起一抹莞爾的笑。

「……我明白了，我可不想再被你形容成喪家犬了。」

「知道就好，我們繼續往內深入吧，也許能夠找到一個共通的區域和溫徹斯特他們會合。」

殷宇扛起頗有分量的狙擊槍後，邁步向前。

柳阿一隨後跟上。殷宇說得沒錯，過去已發生的事，縱然是多麼不堪回首，但如今再去糾結也改變不了什麼。他很幸運，至少他是全天下最幸運的人了，能夠一再的自死亡的幽谷中復活，如今還能確切的感受到自己怦怦的心跳——這世上還有什麼比這個更加讓人羨慕的了？

拋開對於記憶的灰暗念頭後，快快跟著殷宇向前的柳阿一，再次提起手中的衝鋒槍，戰鬥意志回歸。

△▽ △▽ △▽ △▽ △▽

比預期還要快，柳阿一和殷宇很快來到二樓的大廳前，遇到從另一邊出口走出的尚・溫徹斯特等人。

雙方人馬一見到彼此，臉上都閃過一絲驚訝，接著很快就有人出聲詢問。

「你們沒事吧？左邊的那條路有什麼陷阱或敵人嗎？」柳阿一趕緊問向尚・溫徹斯特。

「啊，敵人倒是有一隻，不過被我們打倒了。平民你們呢？」尚・溫徹斯特不以為意的聳了聳肩膀。

「我們這邊是遇到了西法……」

「遇到西法？那你們怎能全身而退！」

尚・溫徹斯特面露訝色，在他後頭的尤特也一臉意外，唯有阿斯莫德仍一貫用饒富興味的眼神注視著柳阿一。

「我說小尚你是把我們看得多弱啊……不過，老實說我們也沒真正和西法展開戰鬥……」

柳阿一將自己當時所遭遇的一切都告訴了對方，也一併坦承自己過去和西法之間的關係。都到了這個地步，他想那一段過去事也沒什麼好隱瞞的了。

「原來發生過這樣的事……」聽完柳阿一的說明後，尚・溫徹斯特的表情軟化下來，語氣壓低。

「那麼你們呢？說是遇到一個敵人，是怎樣的一個傢伙？」柳阿一其實不是那麼想再討論自身的問題，所以他改而向尚・溫徹斯特等人詢問。

「啊，你說的敵人呀……就是愛丁風堡的主人，審判者格蘭沙親自來迎接我們了。」尚・溫徹斯特說得好像不當一回事，但聽在柳阿一耳裡讓他很是訝異的問：「審判者？等等，你所說的就是進行鬼皇儀式的審判者？那傢伙被你們打倒了？」

不敢置信的睜大眼睛，迫切的目光掃過尚・溫徹斯特等人，柳阿一真沒想到這麼快就突破了原以為很難攻下的敵人。

「應該是被我們打倒了……」回應之人是尤特，他一手拄著下巴、若有所思。

「什麼叫『應該？』」這下連本來靜靜在旁聆聽的殷宇都出聲問。

「就是字面上的意思。我們在左邊通道遇上審判者，他主動迎戰我們，雖然我們也糾纏打了一段時間，但有卓格那把『火焰之劍』在手，就算那傢伙是審判者也只能位居下風，很快就被我們擊倒了。但是……」

「但是？」柳阿一追著問，他在尤特臉上見到略微不安的神情。

「但是總覺得……不應該這麼順利才對……當然，我是相信我們的實力，只是在打倒格蘭沙後，他也如同你們遇上的西法那般，轉瞬消失，不同的是，格蘭沙確實被我們打到重傷。」尤特濃密且英氣的眉頭鎖得更深了，「而且在他消失的瞬間，也許是我多心了，好似見著他揚起了不懷好意的笑……真不知他會不會又有什麼陰謀。」

「原來如此，我能明瞭你之所以使用『應該』兩字的理由了……看來，即便將敵人打倒了，我們也絕不能掉以輕心。」柳阿一刮了刮臉頰，沉聲道。

「對了，除此之外，我們也詳細的搜尋過左邊通道中出現的每個房間，就是沒有發現放置『罪之輪盤』的地方……也未見到應當就在這座古堡裡的『塞特迦拉』。」

尤特嘆口氣後，便接續對殷宇說：「還沒能將你的妹妹找出來……真是不好意思。」

殷宇淡淡的搖了搖頭，「不，你們已經做得很好了，我相信只要繼續找下去，一定會發現她的。」

「我說你們，還要磨蹭到什麼時候？在你們討論的時候，時間也在一分一秒的流逝，你們應該不希望見到『罪之輪盤』最後的驗證結束吧？」

這個時候，站在人群最後頭、與大夥距離最為疏遠的阿斯莫德，冷冷的挑起眉頭。

「說、說得也是！那我們繼續往上爬吧！通常 RPG 都是這樣的啊，魔王一定都在城堡的最上頭，況且我們還有時間限制，還是快快趕路比較好，之後若還要討論什麼就在路上一邊說吧！」

柳阿一握緊了拳頭，成為眾人中率先跑上旁邊樓梯的人。

一夥人繞著螺旋設計的樓梯，一層層的往上爬，一步步都更靠近心中決一死戰的最終場地，每個人心思各異，但都有一個共同想法──

那即是非要打倒西法不可！

非要阻止他當上鬼皇不可！

爬樓梯的時間遠比預期還來得長，使得其中有人開始氣喘吁吁……也就只有這麼一位，便是平常體能訓練不足的柳阿一。他都覺得自己的雙腿快爬斷了，卻還沒見著敵人的身影，他再一次體會到自己果真是個凡人，相較其他人跑得一點都臉不紅、氣不喘的模樣……柳阿一真覺自己相形見絀，慚愧啊慚愧。

可是這說到底也不能怪他吧！

他明明本該只是一個再普通不過的小說作家啊！

跑百米還是馬拉松還是爬 101 大樓這種事都不是他會做的呀！

好不容易，柳阿一終於見著跑在自己前方的人停下腳步，早已累得垂下頭的他，這才抬起頭來一看……

發現原來他們已抵達了愛丁風堡的頂樓，可以透過屋頂上頭的缺口看到外界的天空。

柳阿一感覺到從屋頂洞口吹來的陣陣涼風正打在自己的臉龐上，除此之外他也驚見到不遠處的地方，用鋼絲懸吊起一個頗大的水箱……裡頭所囚禁的對象正是殷宇的妹妹殷婷，也就是「塞特迦拉」。

「塞特迦拉」以純白的人魚之姿不停在水箱裡來回游動，不難從她的動作看出她的急躁。她似乎也知道自己即將到來的命運，成為獻祭的供品，讓她焦躁不安的不斷掃著尾巴游動，可是她大概也明瞭，水箱被死死的封蓋，她根本無從掙脫而出，只能面露悲傷的神情和不停游動。

殷宇見著這一幕，頓時眉頭緊蹙、流露出情急和不捨的神情，但他也沒全然失去理智，倒不如說最後的理性正壓制著他，讓他明白這時候貿然衝過去絕非智舉，搞不好還會中了敵人的圈套。

內心掙扎之際，殷宇忽然感覺到自己的肩膀上有一份重量，他回頭一看，是柳阿一將手搭在自己肩上，用著篤定的眼神直視著自己。

「我們一定會救出她的，一定。」柳阿一堅定的對著殷宇說。

「……我知道。」殷宇先是一怔，隨後他釋出一抹淺笑，這般回應了柳阿一。

當眾人離開階梯，踏上頂樓的地板後，一道聲音自高處冒了出來。

「歡迎，這群烏合之眾組成的遠征軍，歡迎你們來到了儀式的祭壇……來一道見證我成為鬼皇的那刻。」

「西法……！」

連想都不用想就能馬上認出此人的聲音，柳阿一充滿怒氣的咬牙叫出對方的名字，但奇怪的是，只聞其聲不見其人，柳阿一左右轉頭搜索就是不見西法的身影。

「西法，你在故弄玄虛什麼，我大致上都知道了哦。」阿斯莫德閉上眼睛，輕聲一笑，和其他人如臨大敵的反應很不一樣。

「呵，真不愧是路西法王座下的大將阿斯莫德嗎？還是說……是你體內的那傢伙告訴你的？」

仍不知西法的聲音從何傳來，但他的確是在跟阿斯莫德進行對話。

「嘛，你說的那傢伙有提出來沒錯，但實際上我也能猜出你為何還不出來見人的原因……怎麼，是還不習慣『那個身軀』嗎？」阿斯莫德睜開雙眼，嘴角微翹。

「喂喂，你們到底在說些什麼？能不能說得更直接明白點啊！」

柳阿一不解的拉著阿斯莫德的衣角問，這個動作讓旁邊的尚・溫徹斯特看了嗤笑一聲，喃喃唸著「真像小孩子的動作啊，平民」這種話。

「要說直白一點的話，不如請西法直接出來會客，你們一看就知道我和他在說什麼了。」

阿斯莫德笑了笑，又回頭對著目前還未現身的西法喊話：「你還是快出來吧，別畏畏縮縮的，還是說你現在真見不得人了，西法？」

「呵，怎會呢，要是說我見不得人的話……那可真是太傷你體內其中一位傢伙的心了。」

西法的聲音再次傳出。這時，一直抬頭尋找西法蹤影的柳阿一，赫然發現左前方的窗口上出現一道身影，然而他不敢相信——

他不敢相信自己眼中的那個人就是西法！

「你、你你你……你是西法？」

就連柳阿一也自覺這種問法好像有點蠢，但這確實是他最想知道、也是最開門見山的問法了，因為此刻映入眾人眼簾之中的那名男子，他的外表是——

「不可能，若你是西法的話，怎可能會頂著卓格的臉孔！」同樣見著窗口上那人的尚・溫徹斯特，驚愕的睜大雙眼。

「怎麼會不可能？阿斯莫德都能夠頂著一張近似卓格的臉蛋，為何我就不行呢？」

幾乎和阿斯莫德目前外表如出一轍，僅差別在兩人當前的頭髮長度，西法那方仍保有一看就知道是他蓄留的黑色長髮，但除此之外兩人幾無差別，如此衝擊性的畫面讓除卻阿斯莫德以外的所有人無不著實吃了一驚。

「順便告知一下各位，我這身體可是正牌的卓格哦……託你們的福才弄到手呢。」

西法低著頭對著底下眾人微微一笑，黑色的長髮斜掠過肩膀，髮尾輕觸窗櫺，雖同樣是卓格的臉孔，笑起來卻一樣有著西法本身邪氣的味道。

「託我們的福……難、難道你現在這副身軀，就是當初在地下墓園時奪走的？」柳阿一立即聯想到當時裝有卓格肉體的棺材被西法強行帶走的畫面，更為震驚了。

「看來你的記性不錯，只可惜偏偏就忘了自己一生中最重要的記憶。」西法對著發言的柳阿一點頭一笑，不忘又諷刺了柳阿一。

「為什麼你要這麼做！你不是想成為鬼皇嗎？那現在以卓格的姿態出現於我們面前，又是為了什麼！」尤特以宏亮的嗓音質問西法。

「哎呀，原來你們還不知道啊？阿斯莫德還沒告訴過你們嗎……關於我和卓格之間的關係。」

「和卓格之間的關係？不就是驅魔人與被驅魔的對象嗎！」柳阿一不假思索的答。

「那只是你們表面上所看到的關係。」

「欸？」阿斯莫德的話，讓信誓旦旦的柳阿一發愣。

「你們知道西法的本名吧？那傢伙曾告訴過你們吧？」阿斯莫德壓低嗓音，雙手抱著胸的他表情看來十分嚴肅。

「呃，好像是叫西法……西法・斐迪辛來著的……」柳阿一眼珠子上揚，看來是努力回想了一番才說出答案。

「嗯，答得很好，作為獎勵我就告訴你們卓格的全名——卓格・斐迪辛，就是我體內那傢伙的名字哦。」

「什麼！」在阿斯莫德一派輕鬆的公告真相之際，柳阿一代表了其他不知情的人，猛吃一驚的大叫著。「你、你該不會想說這卓格和西法兩人其實是……」

「雖然不怎麼想承認……但卓格・斐迪辛是我的兄長這個事實不會改變。」當柳阿一帶著顫抖的話還未完，另一處高高在上的西法打斷了他的話。

「也就是說，你們是兄弟關係？」柳阿一像是還不願相信一般，再次確認的問。

「呵，你不想相信也得相信呢……不過我能體會你的心態，因為就連我即使度過了無數漫長歲月，也難以接受這樣的事實呀……吶，卓格，我的兄長，你是否也和我有一樣的想法呢？」

西法說完，從高處的窗口往下縱身一跳，輕盈的落地後，移動緩慢的步伐來到阿斯莫德面前。

「『若與你有一樣的想法，對我而言就是種最大侮辱』……嘛，在我體內的你老哥是這麼說。」阿斯莫德聳了聳肩，又笑了笑，「好了，既然是你們兄弟倆久違感動的重逢，就該讓你們親自面對面……卓格，別再鬧彆扭了，出來和你家老弟好好敘舊吧。不過也別聊得太過頭了哦……我看最後的驗證差不多完成了。」

三道靈魂共存的軀殼抽搐一下，當這個身體的頸子再次伸直時，儼然換上了另一副截然不同的神情。

「我會阻止你的，西法——再一次將你徹底打敗。」

渾厚且霸氣的嗓音，來自卓格——真正的卓格口中。他抬起頭來，用傲然冷酷的眼神睨視西法。

「哈……我一直……一直都在等你對我說這句話哦……卓格。」

站在卓格對面的西法，眼神中閃過一抹複雜的情感，快得讓人難以捕捉分析，但能夠確定的是，從他語氣裡聽出了一份終於認真起來的態度。

同一時間，奇異的景象赫然出現於眾人上空，一道黑色光波自西法方才所待的窗口內射出，在半空中形成一個偌大黑色帶電的球體，滋滋的聲響響徹整座屋頂，以及在場每一人的耳中。

「這、這是……！」接二連三令人吃驚的事一再發生，讓柳阿一的訝異之色都還來不及消退仍舊持續掛在臉上。

「不妙……這恐怕就是『罪之輪盤』驗證結束的意思……『罪之輪盤』比預期的還快結束……」尤特的臉色充斥著擔憂。

一旁同樣仰頭觀看的尚．溫徹斯特，跟著道：「假使如此，那麼黑色的光球之內……就會是象徵成為鬼皇的信物……『逆十字王冠』。一旦『逆十字王冠』被西法得手，並以『塞特迦拉』的鮮血作為正式洗禮後……他就成為名符其實的新一任鬼皇，事情就再也無法挽回了。」

尚．溫徹斯特的口吻中，有著和尤特一樣的憂心忡忡。

「那麼，果然還是現在聯手起來將西法打倒才──」

「你們統統不准出手。」

柳阿一話還未完，卓格就態度強硬的打斷他的話，他一手憑空變出了「火焰之劍」，擎著橘紅色火光的大劍氣勢驚人，特別是由卓格本人接手後，整個人散發而出的雄霸之氣更威壓全場。

「這個人──」

卓格將劍鋒一轉、指向面前的西法。

「就只能由我一人收拾，我和他的宿仇將一併在此劃下句點！」

話音一落，卓格手中的「火焰之劍」冒出懾人火舌，好似在強烈的呼應主人說的話。

看著卓格堅毅且決然的身影，大夥雖然各有所思，但是他們難得有志一同的做出了一個結論。

「卓格，你一定要將西法打倒！就靠你了！」柳阿一握起拳頭，像在加油打氣的對著卓格喊話。

「卓格先生，阻止西法是你最拿手的項目對吧？那就麻煩你務必達成。我們的期待，以及我妹妹的命運，都掌握在你手中了。」殷宇推了一下眼鏡，儘管讓出了機會、無法透過自己的雙手將西法擊敗，但只要所追求的結果一致，他也不會再做無謂的堅持。

「喂，卓格，本公爵的那筆帳你可要連帶好好一起算！」尚．溫徹斯特雙手抱胸，挑著眉頭對著卓格說道。

「卓格，我絕不會出手干預，因為我能明白你想要和此生宿敵決一勝負的心！」

最後是尤特的話傳進卓格耳中。尤特明白，作為一名騎士，一對一的決鬥是多麼的重要，若沒有賭上全部的決心，卓格是無法說出如此堅定的話。

待所有人都把各自的話說完，一直處於被動聆聽的一方、作為眾矢之的的西法笑了。

「你們都說完了嗎？真是令人感動的場面啊……卓格，你可不要浪費他們成全你的好意哦。」

嘴角微挑的西法舉起右手，掌心之中迅速凝聚了一團黑色雷光，轉瞬間他手一揮，一把纖長秀美卻尖銳的西洋劍已握於手中。

和「火焰之劍」寬幅的劍身、燃燒的火光不同，西法手中這把西洋劍纏繞著一條猶如黑蛇的電流，分岔的電流尾端好似蛇之舌信，彷彿隱約還能聽見它正向卓格發出「嘶嘶」的聲音。

「想不到那把西洋劍居然會在西法手中！」尚．溫徹斯特忽然倒抽一口氣，一眼就認出西法手裡那把劍的他，露出詫異的目光。

「『瑪門之劍』……由具有『貪婪的惡魔』和『火與冶鐵之神』組合之名的惡魔瑪門，所打造的邪劍……原以為失蹤已久的這把劍，最後竟是流落到西法手裡……這下子，即便是擁有『火焰之劍』的卓格，也不得不更加謹慎了。」

尚．溫徹斯特話說到此時，卓格和西法已展開了決鬥。遵照卓格的意願，只得袖手旁觀的柳阿一等人緊張的關注這場戰鬥。

若依據尚．溫徹斯特的說法，擁有大天使烏列授予的聖劍「火焰之劍」的卓格，對上握有惡魔打造的「瑪門之劍」的西法，這場戰役將是五五波、難分軒輊，若是綜合場地和時間上的限制，鬼皇的信物即將現世已迫在眉睫，西法因而更顯占上風。

無論如何，柳阿一還是想相信卓格，相信卓格一定會為這個世界的未來命運帶來勝利。

在眾人的眼簾之中，戰鬥越趨白熱化，越看越讓人腎上腺素激升。

卓格的「火焰之劍」擁有攻擊力上的優勢，每一砍擊而去的力道都十分驚人，在西法閃過之際，「火焰之劍」因而打在西法後頭的梁柱之上，被打中的大理石圓柱不僅應聲出現裂痕，更被卓格鑿出一個大洞。

然而，西法的「瑪門之劍」攻擊力雖不及卓格，卻擁有輕盈且快速的突刺能力，卓格顯然幾次差點被這猶若蛇般舞動的劍劃傷臉頰，纏繞在劍身上的雷電更不時放出電光、朝卓格的方向竄去。

為了回敬對手，卓格亦要將「火焰之劍」的炙火襲捲向西法，熾烈且氣勢懾人的火焰轟然朝西法狂奔，猶若帶著火炎的赤馬不羈的直衝向前、想要一舉狂野的撞上敵人的身軀，這時眼見西法似乎閃身不及，卓格送出的烈火即將襲上身——

「怎、怎麼會……！」

就在眾人以為西法將被火燒傷之際，明明火焰已觸身的西法卻手一揮、轉眼間從容的熄滅了身上的火，嘴角微翹。

「西法不被『火焰之劍』的火所傷……這是怎麼回事？」鏡片下的目光難以置信，殷宇不禁眨了眨眼睛。

「哎呀，讓你們失望了，那把聖劍的火可傷不了我……哦不對，應該說傷不了我這副身軀才對。畢竟，這副身軀就是那把聖劍的主人，有抵抗力了呀。」

西法得意的笑了笑，在他對面持劍的卓格眉頭微蹙、凝神不語。

旁觀的柳阿一忍不住的說：「原來這就是你需要卓格肉身的理由！你這心機的傢伙早就想好這一招了是吧！」

「呵，隨你怎麼說……反正這場戰鬥，準是我贏了，一把傷不了我的聖劍又有何用？況且……你們看，有什麼東西自頭頂上那顆黑色光球體內出來了哦。」

西法用手指著上空，黑色光球體果然在漸漸消散，已經能夠用肉眼清晰的看見一個類似王冠的物體正懸浮於半空之中。

「『逆十字王冠』已經……再這樣下去就不妙了，現在若是卓格無法攔阻西法，他很可能待會就要殺了水箱中的『塞特迦拉』進行獻祭！」尤特緊張的喊著。

經他這麼一說，殷宇便已然動手將狙擊槍的鹽彈上膛、握住槍托，一副要狙擊西法的模樣。

「殷宇你這是在做什麼！不是說好要相信卓格了嗎！」柳阿一見狀趕緊阻擋殷宇。

「你剛才沒聽到嗎？西法很可能隨時都要取走小婷的性命啊！」

殷宇試著要從柳阿一的攔阻中掙脫，同一時間卓格和西法之間的戰鬥仍在持續。

「不會的！卓格不會讓西法得逞的！」柳阿一使出更大的力氣要阻止殷宇，雖然眼前的局面危急，但他仍想相信卓格到最後。

反觀在戰況中位居下風的卓格，現在仍試著揮動手中的劍、連連出招攻擊西法，然而他的火焰依然對西法無效，轉瞬之間，西法甚至一個跳躍起身、腳尖輕輕落在卓格的「火焰之劍」上。

「挫敗的感覺不錯吧，卓格？」西法的嘴角微挑，挑釁的笑。

「西法……！」卓格的眉頭鎖得更緊了，但一時間還沒想到如何對付儼然無法傷害到的對手。

「我等了好久啊，等了好漫長的一段時光，久遠到我曾經都閃過想要放棄的念頭……但是，我終將迎來這一天，完敗你的這一天。」西法露出森冷的笑，「吶，你知道我等這一天有多久了嗎？你知道為何我如此執著嗎？你是不懂的吧，作為備受寵愛的你是絕對不會明白的呀。」

西法緩緩將手探了出去，伸出的食指即將觸及卓格。

「現在，我就讓你知道、讓你感受、讓你明瞭——你和一整個斐迪辛家族帶給我的痛苦！」

話音一落，西法的指端朝卓格額面一壓，剎那有股電流竄進卓格大腦之中，卓格面露痛苦之色，似乎有什麼強烈而鮮明、恍若真實上演的影像畫面霸占了所有思緒……

△▽　△▽　△▽　△▽　△▽

「斐迪辛」。

曾是一個高尚尊貴的名門望族代名詞。

斐迪辛家族世世代代皆是血統純正，姻親關係門當戶對，從未有過任何讓人詬病的醜聞，凡是出身於斐迪辛家族之人，在當地即是備受尊敬的人物……

這樣的榮景卻直到一個人誕生而被破壞。

那是一名男孩，明明有著足以魅惑世人的美貌，如天使般溫柔的嗓音，舉手投足都散發出迷人風範的孩子，卻成了斐迪辛家人眼中唯一的惡夢。

西法．斐迪辛，是由家主和女僕偷情所生下的孽種。

家族內上上下下都用異樣的目光看待這名男孩，他的生母被逐出家門，他的生父盡可能對他避而不見，連服侍他的僕人也對他充滿了鄙視。為了不讓這則醜聞外揚，這名男孩從未踏出過自家圍牆之外，他被高高的圍牆、一扇扇為阻絕外來者接近的柵門所包圍。

西法．斐迪辛一直被當成禁忌之子關在牢籠內，凡是將他存在洩漏出去者，必定受到嚴厲的懲罰。

西法夢想著能夠有一隻青鳥，帶著他的願望飛翔到外頭世界；他又像被囚禁於高塔的公主，希望有朝一日有誰能夠解除這黑暗的魔法，只可惜公主至少流有純正的血統，而他這一生都不可能有。

唯有罪孽的血液存於這副空有漂亮與美麗、難得一見的軀殼之中。

西法便是過著如此不人道的童年，直至長成少年。

青春期的灰暗如絕症一般感染了他。他得了嚴重的憂鬱症，卻從未有人關心過他，只是更加嚴酷的限制他的一切；本來還是隻囚籠裡的鳥，現在卻成了被綁住翅膀的模樣，幾乎要絕滅他最後一點對於未來的寄望。

身形越加削瘦的西法，總是被封閉所有家族內消息的他，有天無意間得知自己原來還有一個哥哥——

卓格．斐迪辛。

好像就叫這個名字吧。

和自己不同，卓格身上所流的是家主明媒正娶的妻子的血液，僅僅知道這點的西法當時還不明瞭，自己和兄長過上的是截然不同的生活。

西法想要看看他的哥哥、這個有著和自己一半血緣的手足，出自於本能的好奇，於是西法開始想盡辦法要見上哥哥一面。

就在那麼一天，西法如願以償了。

他隔著窗戶，偷偷看到了自己的哥哥生得何種模樣。

神啊！那是一個所有少年都會嚮往的容貌，英俊、挺拔，一頭彷彿會閃耀光澤的金髮，充滿著少年英雄的風範。相較之下，西法卻是陰柔而秀美的樣貌，西法更為自己那頭像媽媽的黑色長髮而自卑。

再看看兄長過上的生活：豐衣足食，凡所要的東西唾手可得，擁有西法最想要的玩具、有著西法最想要的衣裝、有著西法最想要的軟綿大床……更有著西法最最想要的，家人的溫暖與愛。

西法忽覺一陣天旋地轉，視野之中所有的一切都變得朦朦朧朧，被水光覆蓋，周遭的聲音也被自己不由自主發出的哽咽聲湮沒。

西法從未那麼渴望奇蹟。

自這一刻起，見到自己哥哥所坐擁的種種後，西法好想要有一個奇蹟——那就是給予他一個能夠成為卓格·斐迪辛的機會吧！

只要能夠成為卓格．斐迪辛，他便能幸福了吧？

他便能夠愛了吧？

然而，天不從人願，這個奇蹟根本不可能實現，他只能吃著被送來牢籠前便冷掉的飯菜，他只能蓋著被人丟進牢籠內的棉被，他只能玩著好像誰用過的玩具，只能翻著被誰做了記號的書籍。

他亦只能在每逢過節時刻，聽著牢籠外頭那不知誰清唱的歌曲，有時是聖誕歌，有時是其他慶典的歌曲……可是這些從不是屬於自己的吧，西法如此清楚明確的自知。

終於在那麼一天，絕望到深處的西法下了一個決定。

既然現有的一切都禁錮著自己，只要不打破現況就無法脫離如此了無希望的局面……

就大肆的破壞吧！

將所有帶給他痛苦的一切都破壞殆盡——

讓斐迪辛家族嚐嚐他經年累月下來的苦，這也是他唯一能夠回報整個家族的方式。

最重要的，他要將卓格．斐迪辛享有的全部都毀滅！

他要卓格．斐迪辛在嚐過這最深切的痛後，還要敗服在他西法．斐迪辛之下！

西法．斐迪辛……不，他自此要拋棄那可憎的名字，以西法之名在深沉的月圓之夜下發下最重的宣誓。

△▽ △▽ △▽ △▽ △▽

回憶的影像驟然停止，卓格的思緒恢復了運作，他恍然明瞭方才腦海跑過的種種畫面，皆是在西法認知之下的過往；他也終於明白，西法之所以為何走到今天這個地步，還有如此憎惡自己和執著的原因。

但是——

他必須告訴西法，他必須告訴西法所不知道的真相。

「這就是長年以來驅使你走到這一步的動力嗎……西法？」卓格的嗓音同樣壓得很低、很低。

聽到他說這句話的西法眉頭一皺，不悅的自卓格的劍上跳下，改而用「瑪門之劍」直指對方。

「你想為此而嘲弄我嗎？呵，儘管笑吧，你能夠笑出來的時間也不多了。」

「你當真以為我是這麼想的嗎？」卓格握緊了拳頭，「我所想的是，我必須告訴你——在某些事情上你錯了，大錯特錯了。」

「……你說什麼？難道你想說我這麼痛苦的走來，所遭遇的折磨，不是你們斐迪辛家造成的錯嗎！」

「斐迪辛家族虧欠你的我絕不會視而不見！正因為如此，我才在夜半時分翻過圍牆和柵門，將特意留起來的飯菜送到你房前，只是正值冬天沒能讓你吃到溫熱的菜。」

卓格彷彿是深吸一口氣才決定吐出的話語，頓時讓對面的西法一怔。

「正因為如此，那年嚴寒的冬天才把母親新買來的棉被給了你。」

「正因為如此，年少的我將鍾愛的玩具都給了你，為此還得向父母圓謊說是弄丟了。」

「正因為如此，我篩選適合並考慮你可能會喜歡的書籍，一一做上記號之後送到你那裡。」

「正因為那些年的聖誕夜太過於寒冷，我想讓你感受到溫暖和節慶的熱度，哪怕一點點也好，我冒著被禁足的風險到你房外歌唱——西法，這就是我想告訴你的，關於你的錯誤。」

一鼓作氣將隱瞞在歲月洪流裡的真相逐一揭開，卓格的眼眶之中泛起殷紅血絲，而被他所直視的對象……

西法徹底的茫然了。

長久以來鞏固的信念，包含了妒意與憤恨，都在這一瞬間被輕而易舉的打碎一地。

原來他才是真正被破壞殆盡的那個人。

可是，這真能釋懷嗎？

長期的痛楚能夠因此而得以解放嗎？

一時茫然的西法無法確定，更有些抗拒，不然他這些日子以來的努力和付出又是為了什麼？

「我是……不會這麼簡單就接受的！我這些年來的痛苦……你根本不懂！」

西法眼神一變，殺氣騰騰，他一個箭步便再次朝卓格出手攻擊。

同一時間，身處另一方的殷宇似乎發現了什麼，他將狙擊槍拿了起來、將目光放在狙擊槍的準星上，透過準星和照門給予的視野他注意到了一件事。

「另一個窗口……接近水箱那一邊的窗口上……出現了一個可疑的傢伙。」

殷宇的話傳進周遭人耳中，這個時候一旁的尤特臉色一變，馬上問向殷宇：「你說的那個可疑傢伙，是不是留有一頭米白色的長髮髮？」

「是的，不過尤特先生你怎會知道……」

「是審判者格蘭沙！這個時候『罪之輪盤』的驗證工作都已結束，照理來說身為審判者的他毋須再出現，只得旁觀……他在這個時候出現絕對懷有什麼計謀！殷宇，現在即刻對他進行狙擊！」

尤特立即向殷宇下令，殷宇二話不說馬上行動，迅速瞄準後扣下扳機。

「咻！」

鹽彈射出的瞬間發出嘯聲，遠方的身影似乎當場中彈。

「不對勁……那傢伙似乎完全沒有要閃躲子彈的意思。」殷宇蹙著眉頭低聲道，他的視線則繼續透過準星和照門觀察遠方的身影。

「那傢伙……手裡好像拿著什麼東西……對了，近似於開關之類的物品……」

「開關之類的物品……？」

尤特心中的不安頓時上升到最高，當卓格與西法還在纏鬥的狀態下，那名遠在另一個窗口上的身影——審判者格蘭沙，忽然大笑起來。

他的笑聲讓底下所有人都轉移了注意力，戰鬥中的兩人也稍稍暫停攻防，全都一致的抬頭看向位於高處的格蘭沙。

「可恨的斐迪辛家族……只要是斐迪辛家族的人都該死！一個是要命的驅魔人……一個是妄想當上鬼皇的吸血鬼……哈、哈哈哈……吾要你們兄弟倆當吾和索恩的陪葬品！是你們——是你們害死了吾的索恩！至於其他人呦……就怪你們如此倒楣吧！」

喘著大氣的格蘭沙舉高手中的物品，一個有著紅色按鈕的開關。

「我要你們全死在這座城堡之下！」

語畢，格蘭沙當著在場每個人面前啟動了開關。

突然之間，城堡出現了異樣，莊嚴高大的城牆開始塌陷，華麗的裝潢被一塊一塊滾落的砂石毀壞，整座愛丁風堡天搖地動，崩潰的速度奇快，彷彿海嘯一般要將人吞噬。

「該死，格蘭沙這傢伙想活埋我們！」

晃動的程度之劇烈讓柳阿一站都站不穩，瞳孔映出前方砂石崩落的駭人景象。

「愚蠢的審判者。」

卓格冷哼了一聲，然而此時在他面前的西法忽然牙一咬、一躍起身，騰空的身影迅速往空中飛去，卓格立刻猜出西法的意圖，他同樣跳起身、憑空飛起追趕前方的西法。

「我不會讓你得逞的！」

在土石崩落聲中，卓格的吼聲仍十分具有穿透性，他揮動手中的「火焰之劍」——正當西法即將奪得懸浮於半空中的「逆十字王冠」，卓格的劍搶先一步揮砍而下、一舉劈壞那頂雕刻著逆十字架的銀色王冠。

破碎的聲音隨著王冠本體崩解掉落，西法眼睜睜看著即將到手的信物就此破滅，他伸出的手垂放而下，雙腳落地後，他怔忡了好一會，但面對自後方步步逼近的卓格，他一時間又握起了拳頭、猛然回過身將「瑪門之劍」指向卓格。

「都是你……都是你！你又再一次從我手中奪走了一切！」

西法一手執劍指著卓格，露出了猙獰且動怒的神情。

「從以前就是這樣……無論如何，你總是能夠得到想要的，還能從我手中奪得你想要的，你就是如此自私的一個人，你就是如此可恨的一個人！就只因為我身上所流的是私生子之血！」

難以言喻且洶湧的情緒頓時自西法的胸口中爆發了，他不顧周遭持續崩塌的環境，咬牙切齒的對著卓格繼續道：「明明我們都有著同樣的父親……明明我們都在同樣的家庭中生活……就因為你是嫡長子，可以享盡所有人的尊敬和寵愛，就因為我是女僕所生的孩子，就得受盡每個人……還有你的折磨！別以為說了那些話就想動搖我，就以為我會放棄對斐迪辛家族的報復！」

面對西法宣洩似的發言，卓格只是緘默的注視著西法，似乎不打算採取任何動作。

「為了報復，我將整個斐迪辛家族的人都殺光了呢，而當時逃過一劫的你，其實是巴不得要將我這個只有一半血緣的弟弟就地正法吧！如今，你又將再一次達成你的願望了啊，你現在就可以完成將我殺死的願望了呀，真是再好不過了呢——卓格！」

「你錯了。」

就在這時，卓格終於出聲回應了西法。

「關於我的願望，你徹底的錯了。」

卓格沒有逃避，也沒有半點的慌張或動搖，淡然的就像在講著別人的事一樣。

「在你滅了斐迪辛家族後，我確實曾懷著如同你說的那種願望，我恨你，我曾是如此的恨你，可是直到在那之後第一次和你交手、將你打敗後，我才恍然發現了一件事。」

卓格深吸了一口氣。

「那就是，我發現自己實際上從沒真正想要殺了你。」

語畢，卓格毅然的眼神中映出流露出動搖神色的西法，可是那僅僅是一瞬間的動搖，西法再次咬著牙、對著卓格吼道：「哈！說得可真動聽，但是我不會上你的當，我這經年累月下來的怨恨，根本不可能因為你這些話而消散！」

「我也不指望你對我……不，對整個斐迪辛家族的怨恨能夠因此化解……但是我的願望，便是架構在這個基礎之上。」

卓格右手中的「火焰之劍」驟然消失。

「哈，什麼願望，可笑的願望！倘若你當初真把我看得如此重要，就不該只是偷偷摸摸丟那些物資給我，你真以為那就是我想要的嗎？我就能夠得以感受到溫暖和關愛嗎？那是遠遠不夠的啊！和你這個集寵愛於一身的嫡長子比起來！」

西法繼續以激烈的口吻道：「如果不是出於可笑的同情，倘若你真有把我視為自己的兄弟……那麼你告訴我，為何那些年來從不好好站在我眼前面對我！你實際上也跟那些人一樣，跟所有冠上斐迪辛之名的人一樣都輕視我……」

「那時的我豈能見你！要是我就出現在你咫尺可觸的地方，很可能就見不到至今還站在這裡拿劍對我的你！」

西法的話說到一半就被卓格強行打斷，西法再次一怔，睜大雙眼，看著講出讓他覺得莫名其妙話語的卓格。

「你活在被身分所綁住的牢籠中……而我，從打從出生的那一天開始，就帶著獨有且感染力強的病源過活，我同樣活在病魔的牢籠裡……可是我自知，絕不能也讓你受到這種病痛的桎梏！」

卓格想起那些被惡病纏身的日子，是直到成年以後才得以漸漸抵抗住病魔，但那都是在西法離開他身邊以後的事。

深深的倒抽一口氣後，卓格壓下本來激動的情緒，再次恢復到平時沉穩的語氣對著西法道：「我的願望，我真正的願望，是想要將你從黑暗的泥濘中帶走，讓我陪伴在你身邊，竭盡所能在你身邊為你做點事，就算你對我的恨意深得難以消磨，我堅信只要能讓我在你身旁繼續贖罪，一定就會有化解的那天。」

卓格伸出了他的左手，朝向西法攤開了掌心。

「所以，跟我走吧……西法．斐迪辛……我的，弟弟……」

聲音懇切得讓人動容，總是給人冷酷剛強印象的卓格，這時展現出前所未見的溫柔。

面對卓格朝自己伸出的手，西法的脣中傳來聲聲顫抖氣音，連同握著「瑪門之劍」的手也跟著晃動。

「夠了……」垂下頭來，讓長髮蓋住自己一半面容的西法壓低聲道：「我受夠了……受夠了連到這種地步還得被你擺布。」

西法緩緩的抬起頭來，眼眸夾帶了太多太多複雜的情感。

「別太自以為是了啊……卓格。」吸了一口氣後，西法本來略微哽咽的聲音又平復了下來。「我可沒寬宏大量到要完成你的願望……」

話音一落，西法突然再次跳起身，在半空中的他舉起雙手往幾乎支離破碎的天花板一伸，口中唸唸有詞之後，上空出現一道五芒星形魔法陣、發出刺眼的紅光，往城堡上方蔓延。

「你到底想做什麼……西法！」

伴隨著質問的吼聲，卓格淡藍色的晶瞳流露出沉重，心生不祥之感的注視著西法。

「這裡只有我……有減緩崩落速度的力量。」

西法揚起平時那自負的笑容，低頭望向卓格，俊美而魔魅的容顏似乎因為支出太多力量而更顯慘白，蒼白得有如冰雪一般，同時城堡的崩壞速度確實有了明顯的減慢。

明白西法意圖的卓格心一驚，他正想跳上前阻止對方時，前方好幾塊大石就這麼突然且不偏不倚砸落而下、形成一片石牆，阻礙了卓格的前進。

「吶，給我好好的看著吧，我說過我不會讓你的願望成真……我就是想一睹——你眼睜睜看著心願破滅的表情。」

「西法……為何你要執著到這種地步！你明知這麼做會因為消耗太多力量而……！」卓格仰頭對著西法發出不解且飽含痛苦的咆哮。

「啊，真棒呀，看著你現在心碎的模樣……實在是……不枉費我這麼做呢……」

西法雖是這麼說，臉上卻出現了再苦澀不過的笑。

「可是……為什麼……我也會覺得心很痛呢……明明應該再高興不過的……」

止不住的淚水滑落下來，沾濕了西法的雙頰以及越來越慘淡的臉龐。

「會不會是因為我真正想追求的願望……其實是……」

喃喃自語的音量已無法讓卓格聽見，但在西法的腦海中卻閃過一幕光景，讓他恍然明白了自己真真正正想要的願望。

那一幕光景中有兩道像在快樂交談的身影，但無論如何西法都認為那不重要了。

實際上，早在他決定用盡力量減緩崩塌速度的那一刻起，他就隱約察覺到自己的這個願望，所以才決定這麼做的。

西法的力量越來越無法支撐住整座古堡，本來速度趨於緩慢的落石，現在又如大雨驟下，眼前的一切越來越看不清楚了，被各種紛擾的土石漸漸遮蔽了。

在他即將什麼都要看不見前，瞥見有一群人強行拉開不願離去、拚了命想掙脫的卓格，眼見這群人的身影越來越模糊後，西法淡淡的勾起一抹笑。

「Goodbye, my brother.」

隨著一滴淚水下墜在地，城堡崩塌下來的土石也瞬間埋沒了他最後的一口氣。

△▽ △▽ △▽ △▽ △▽

風和日麗的午後，座落於市中心一隅的蚩壬出版社，剛剛發生的一件事讓編輯部內傳出「天要下紅雨了嗎？」、「那個誰快來打醒我吧」或者是「怎麼可能發生這種事，我還比較相信隔壁老王生孩子」……諸如此類的對話。

一雙雙好奇的眼睛正盯著某個人，那是一位不久前踏入編輯部的某名男性，他來到方世傑的辦公桌前，對著向來擺著臭臉的這位鬼差編輯——恭恭敬敬一鞠躬。

「是怎樣，是有人死了嗎?不然沒事幹嘛向我行家屬答禮？」方世傑不悅的皺著眉頭，冷冷的看著已經抬起腰來的男人，旗下作家柳阿一。

「不，我只是想對阿大說，一直以來謝謝你了，不管過去和現在甚至未來，我一併向你感謝！」柳阿一雙手貼著大腿外側，無畏方世傑的冷言嘲諷，正經八百的道。

自從他想起了曾遺失的那段記憶後，他就特別對方世傑存有感激，在他眼前的這名編輯，不僅僅是盡到了身為編輯的分內工作，也在他人生最低潮的時間不放棄的關照著自己，即便當時的他並沒有理會這份關懷，才導致自己走向自我毀滅的道路……

但一切都過去了，和眼前這個人歷經了種種，才得以再次過上如今平穩的日子，柳阿一便覺得非得好好向此人致上一番謝意。

「哼，與其跟我道謝，還不如拿出你的誠意來。稿子呢？這個月底最好準時交稿給我！」口氣雖然一貫的差，方世傑卻背過柳阿一，沒讓自己的表情映入對方眼中。

「方編輯，關於柳先生這個月的稿子，我想應當可以勉強安全上壘，請看目前的字數已到這……」不知從哪裡突然冒出來的殷宇，拿著他的筆記型電腦晾在方世傑面前，對著螢幕指指點點。

柳阿一看著這再平常不過的景象，覺得沒有什麼比這更讓他心安踏實。

一別愛丁風堡後，阿斯莫德最先自方世傑的體內離開。老實說，當時他真懷疑這樣好嗎？讓這個惡魔如此離去會不會是縱虎歸山？雖說如此，可這件事他暫且也不想管了。

即使這傢伙是個不折不扣的惡魔，但可能是愛好女色的關係吧，阿斯莫德在古堡崩坍前還救了殷宇的妹妹，並且跟殷宇說了如何讓殷婷恢復原樣的法子……只要不去想起阿斯莫德離去前的最後一句話：「哦，等你妹恢復人樣後記得讓我有機會一親芳澤啊！」說不定他柳阿一就會打從心底對這名惡魔改觀。

至於小尚那對主僕，說是小尚被限制行動太久太久了，尤特打算帶他家的主子開始環遊世界；當然，所搭乘的是尤特的私人飛機，因此絕對用不著擔心其他有陰陽眼或磁場接近的普通人撞見小尚。送行的時候，殷宇那傢伙還把那隻小飛象布偶送給小尚當作餞別禮……想當然小尚又大發雷霆一頓。

然而，仍舊有個傢伙讓他比較擔心……那就是卓格。

卓格雖然在阿斯莫德離開不久後，也跟著脫離方世傑的身體、讓主導權再次物歸原主，可是在卓格還待在阿大體內的期間，他們都看得出來，卓格的情緒似乎很是低落。

他們都明知是什麼原因造成卓格如此消沉，卻無人敢提起，即便提起也都無濟於事……

因為西法．斐迪辛不可能再出現於這個世上。

曾想著要將西法徹底打敗、希望這傢伙再也別出現的柳阿一，自從得知卓格與西法之間的關係後，也片面從卓格口中得知西法之所以想成為鬼皇的原因。

西法只是為了掃去過去家族帶給他的自卑，想要變強，想要變得讓所有人都害怕的強大，想要證明這一點，才不惜一切也要成為鬼界之中的王者。

當然，這只是卓格依照自己對西法的了解所做的猜測……實際上是否如此，只有西法知道。

卓格最後也是以靈體的狀態，脫離方世傑的身體而去，雖然他不是真真正正的活人，但也沒消失於這世上……

後來卓格到底去了哪裡，柳阿一他們沒人知曉。

就像柳阿一不斷對自己說的，過去已成過去，應當要專注的只有當下，現在柳阿一回歸一般作者的趕稿生活，不過這對於他本人來說真是件好事嗎？

每天在阿大和殷宇的催稿夾擊下……就某種層面來說，或許過得比在地獄痛苦吧？

「好，今天也要來好好振奮寫稿……咦！」

回到家中的柳阿一正對自己信心喊話時，家門前的電鈴響了。

「奇怪，這個時候還會有誰來找我？」

柳阿一困惑的歪著頭，起身走向門前，當他將門一打開，一道嬌小的身影探出頭來。

「哈囉，我們好久不見了，柳阿一先生。」

「妳妳妳……妳是閻羅——」

柳阿一驚訝的睜大眼睛、彷彿嚇壞般的指著面前一臉笑咪咪的小女孩。

誰來告訴他不是在做夢吧？

他看到閻羅王來自家門前拜訪了啊！

「給我閉嘴哦，要是你膽敢在大庭廣眾下把我的名號說出來，人家就會不小心把你的壽命收回呢。」

和先前柳阿一見到的傳統服飾不同，今天出現在柳阿一家門前的閻羅王，做著時下少女會有的打扮，穿著可愛清純的連身蕾絲荷葉邊洋裝，並戴了一頂青春洋溢的草帽，看在柳阿一眼底這根本是來踏青野餐的路線。

「……無事不登三寶殿，敢問您是來做什麼的？該不會真要把我的命收回去吧？」

柳阿一呈現眼神已死的表情，看著閻羅王一派輕鬆的走入他的家中，好似她才是這個家的主人。

「想要我把你的命收回？可以哦，隨時都能做到。」

「不了，感謝您的好意，我還想多活幾年。」

「嗯，那就對了，因為我今天就是特意來恭喜你達成任務——柳阿一先生，作為完成勾魂冊任務的獎勵，你可以再多活幾年，也許是幾十年，但究竟還能活多久，別想從我口中套出話來。」

閻羅王隨意的坐在柳阿一家的沙發上，一邊說著一邊東張西望，「欸，人間的居住環境和我想的差不多嘛，簡陋得很。」

「讓妳覺得簡陋真是對不起哦，誰叫我是個窮作家！」柳阿一感覺被刺中要害而惱羞成怒了。

「嗯，決定了，為了讓你感激我的大恩大德，就讓你今天帶我到人間各處去玩個夠吧！首先是那個叫什麼遊樂園的地方……啊，對了，要幫我小心注意牛頭和馬面的搜索哦，那兩個緊張大師應該知道我偷跑來人間的事了，現在應該緊張得不得了，來到人間到處找我了吧。」

「為什麼明知如此還要我帶妳出去玩啊！」柳阿一頭更痛了，他為何得面對這位任性又一副「奈我如何」的閻羅王呀？

「好了，就這麼決定了哦，不准有意見，要是害我被牛頭和馬面抓到，你的獎勵壽命也會不見哦。」

「求求您回去吧！求求您乖乖回去地府別來人間害人了啊！」柳阿一都想抱頭痛哭了，這個可怕的小羅莉其實是來害慘他的吧？

「放心，只要別被抓到就好，別被抓到就好了呦。現在就走吧，把我當作你的私生女帶出門一起去玩吧！」

「拜託別把事情說得這麼簡單啊！還有為何非要把妳當作我的私生女啊啊啊——」

為了能夠看見明天的太陽，柳阿一決定爆發他的小宇宙奮鬥下去！
只要別被抓到就好，別被抓到了哦～

《闇夜古堡的終戰》完

番外一

失落的警徽

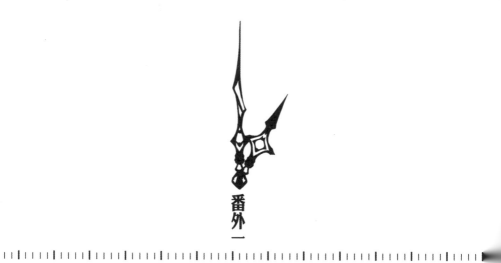

剛泡好的熱茶蒸氣氤氳，殷婷在為即將出門上班的兄長準備早飯，她瞄了一眼旁邊的書櫃，上頭陳列了琳瑯滿目的獎勵和獎狀，那並不屬於她，而是作為她唯一親人的殷宇所有。

「哥哥，今天為你做了你最愛的法國吐司哦。」

被由遠而近的腳步聲吸引過去，轉頭看向殷宇的殷婷泛起一笑。

「嗯，謝了。」

總是不多話的兄長點了點頭，便拉開餐桌旁的椅子，坐了下去開始享用早餐。

「哥哥，今天也是你要執行任務的日子對吧？要是這次也成功，來自警局的獎狀又要再多一張了……爸媽他們若天上有知，一定也會很高興。」

殷婷將自己的早餐端到桌上後，也坐了下來跟著殷宇一塊吃起早飯。殷宇沒有回應，只是默默的吃著那塊色澤金黃的吐司，鏡片下的目光則掃視起旁邊的報紙。

快快的將早餐吃完後，殷宇站起身、說了一句：「我吃飽了，謝謝妳為我弄了這份早餐，法國吐司要是再甜一點就好。」

「哥哥，我已經幾乎把整罐蜂蜜都倒在上頭了。」

「哦，是嗎？那下次再倒第二罐。」

殷宇抬起腳步，準備打開家門離去。

「那個，宇哥哥！」

「嗯？」

後頭傳來突然叫住自己的聲音，殷宇回頭看向自己的妹妹。

「請……務必小心。這次占卜的結果很……」

垂下柳眉的殷婷話還未說完，殷宇就走上前，厚實的手揉了揉殷婷的頭頂。

「又是妳的黑魔法占卜嗎？跟妳說過多少次，別對那種東西太入迷。」

「才不是什麼黑魔法占卜呢！是塔羅牌！塔羅牌啦！」殷婷抬起頭來，雙手握拳反駁。

「對我來說那跟黑魔法沒什麼兩樣，總之妳喜歡獵奇的興趣最好收斂點，不然會交不到男朋友的。」

「哥哥才是吧！房間裡擺了兩尊人體模型還收集各種怪東西的你有資格說我嗎？算了，我是想說——」

「別擔心。」殷宇壓低嗓音，蹲了下來，右手掌心仍放在對方的頭頂上。「我不會有事的，只要順利完成這次的任務，獎金就會發放下來，到時就能填補妳這學期的學費了。」

語畢，殷宇又揉了揉妹妹的頭後，便轉身開門離去。

背對殷婷的他沒看見，殷婷凝望他的那抹擔憂眼神。殷宇只是再次確認警徽一如既往放在胸口袋內，就逐步走離殷婷的視線範圍。

△▽　△▽　△▽　△▽　△▽

「聽好了，這次的攻堅任務相當重要，我們追蹤這個犯罪組織已有五年之久，絕不能讓他們任何一員逃離！」

站在警局之前、準備出發的隊伍中，一名年紀比起麾下隊員稍顯年長的男人，用嚴正的口吻說著。

「Yes, sir!」

底下的隊員整齊劃一、氣勢十足的回應。

「殷宇，我很看好你，這次的行動也由你作先鋒！」

「是，孫長官！」

站在隊伍最前方的殷宇，稍息舉手回應他的長官、人稱「孫經理」的孫景禮。

「很好，就是這個氣勢，現在即刻出發！」

「Yes, sir!」

話音落下，這批全副武裝的警察就上了車，準備迎接即將展開的危險任務。

到了目的地，攻堅的行動非常順利，一路如同預期的突破敵人防線。作為前鋒的殷宇貢獻最多，這時他獨自一人追著疑似組織頭目，一路經過地下水道來到另一間廢棄工廠，他小心翼翼的跟在敵人身後隻身潛入，然後躲在一臺荒廢的龐大機器後頭、觀察前方，等待出手逮捕的時機。

這時，工廠內卻傳來一道熟悉的聲音。

「別動，警告你最好別試圖反抗，放下槍械、舉起你的雙手。」

映入殷宇眼簾內的景象——是他的長官孫景禮雙手持槍，槍口瞄準背對他的嫌犯一步步靠近。

真不愧是他的長官，一直以來都讓殷宇相當欽佩的上司孫景禮，竟比他早一步對嫌犯出手了啊！

嫌犯照著孫景禮的話做了，手中的槍應聲掉在地上、雙手高舉，但此時卻聽到嫌犯讓人心生不快的低低笑聲響起。

「笑什麼！轉過身來！」

孫景禮毫不客氣的吼著，被他拿槍指著的嫌犯沒有停止笑意，卻是聽話的緩緩轉過身。就在嫌犯面容跳入孫景禮眼中之際，孫景禮倒抽一口氣、徹底怔住。

「意外嗎……孫景禮……噢不，我的哥哥。」

回過身來有著一張和孫景禮相似面容的男人，咯咯的笑著。

躲在暗處的殷宇一聽，同樣驚訝的眨了眨眼。他沒想到這個危險至極、通緝多年的頭號犯罪者，竟是孫景禮長官的手足！

「為什麼……為什麼竟是你……孫成！」孫景禮不敢置信的情緒反應在他持槍的手上，雙手明顯的顫抖起來。

「為什麼會是我呢……也許是早在你得到全家人的重視與目光後，我就註定成了你眼前拿槍瞄準的人了吧。」孫成嘴角扯了扯，看不出那是苦笑或是不以為然，「誰叫老哥太過耀眼璀璨，把我本該擁有的視線和關心都搶了過去……徹底的被剝奪了呢。」

「就算如此……就算如此你也不該走上這條路啊！」孫景禮眉頭深鎖，連搖頭。

「都到了舉槍對準我的地步才在說這種話，不會太遲了嗎？」

孫成語氣淡然，他的手則自動垂放下來，一手改而指著自己的胸口，「吶，現在我被你逮到了，別猶豫，對準我的心臟開一個洞吧。」

「這怎麼能……不可能……我做不到！我必須將你繩之以法交給法律判決！」孫景禮搖著頭。

「交給法律判決？哈，老哥你還天真的以為，屆時就會改變我的結局嗎？一樣是被判處槍決，有什麼不一樣？」

「唔……！」孫景禮咬著牙根、臉色更為鐵青。

「孫警官，就算如此也不得猶豫！」

察覺出孫景禮正陷入掙扎之中，殷宇決定從暗處站出、持槍對準讓孫景禮動搖的嫌犯。

「殷宇？你一直都躲在旁邊觀察嗎？」孫景禮眨了眨眼，相當意外殷宇突然的現身。

「啊，原來他就是殷宇呀……老哥的信中常提到你呢，正義又傑出的刑警菁英……看來名符其實。」倒是孫成一點也不吃驚殷宇的出現，對他而言到了這地步彷彿再也沒有更糟的情況。

「孫成，現在就以一級謀殺罪將你逮捕，快束手就擒，別想用花言巧語左右孫警官。」殷宇無視孫成的話，冷冽的目光和槍口都一致對著孫成。

「我是很樂意……但這該怎麼辦呢老哥？我乖乖和你們回去的話，應該很快就會被判死刑且火速執刑了吧。」孫成將眼珠子的焦點移轉向兄長。

「孫警官，別被他的話動搖了，即使是親人也不能包庇……」

「夠了！殷宇！」

殷宇的話被孫景禮強硬打斷，殷宇不解的瞇起雙眼，看著眼前的孫景禮垂下頭來，隱約看得到他的肩膀正發顫。

「……能不能，當作沒看到他的存在？」

「你說什麼……？」殷宇不敢相信自己雙耳聽到的話語，是從他最敬仰崇拜的前輩口中說出。

「能不能……請你放了孫成？算我……拜託你了……」

孫景禮的聲音越顯顫抖，而殷宇的臉色越加難看。

「你能夠理解吧？要眼睜睜看著這世上僅存且唯一的家人去送死……這是多難辦到、多麼煎熬！」重新抬起頭來的孫景禮，眼白之中泛起紅色血絲，口吻轉為難以壓抑的激動。

一時間，殷宇語塞無言。

在警界之中，他最敬慕的前輩、他最想追上的目標——孫景禮一直以來都待他如同手足般好，時而嚴厲、時而溫柔，教導他身為警察該注意的一切道德規範和訓練身手。殷宇是了解的，孫景禮對他如此好有一個最大因素，是兩人都有相似的背景，意外事故使得兩人各自的家庭都破碎，身邊只僅存一位親人。

一路以來自己所注視著、追逐著的那道身影，卻用這發顫的聲音向自己提出了這種請求……殷宇的內心，似乎在這一刻有什麼東西剝落了。

殷宇倒抽口氣，用著沉重的口吻道：「孫警官……倘若你還配得上讓我叫你一聲長官……請你，收回要求。」

「……對不起，我辦不到。」孫景禮在一陣沉默後，無可奈何的搖了搖頭。

「那麼——我也辦不到……唔！」

當殷宇沉痛的回應時，後頭一直保持沉默的孫成忽然撿起地上的槍、冷不防朝殷宇扣下扳機。

「殷宇！」

槍聲乍響，被子彈擊中的瞬間，殷宇往後倒了下去，緊接著是來自孫景禮錯愕又緊張的叫喊。

「謝謝你給了我這麼一個難得的機會啊，老哥。」

拋下一抹冷冷的笑，孫成持槍而退、轉身就跑。

「孫成！該死……我怎麼會……！」

棄置的鐵皮工廠內，頓時只有孫景禮懊悔萬分的吶喊，以及躺倒在地的殷宇那越來越緩慢下來的呼吸聲。

△▽　△▽　△▽　△▽　△▽

午後陽光灑進警局其中一間辦公室內，孫景禮坐在辦公桌前，他剛剛簽收了一份寄給他的包裹。

擺在他右手邊的一疊文件，是要他說明任務執行過程的報告書，他不想有所遮掩，於是將自己當初所做的種種都清楚的列在上頭。雖然最後的結果是其他警員即時趕到現場、包圍了打算逃跑的主嫌孫成，成功將該組織的所有參與者逮捕到案……

但孫景禮無法原諒自己。只要想到當時自己對殷宇說的話，胸口就會悶痛且後悔不已。提筆想將報告書寫完，可是內容太過沉重，壓得他喘不過氣了，於是決定稍微擱筆、轉而先拆開那個寄給自己的包裹。

牛皮紙一拆，孫景禮見到包在其中的物品——一個有著明顯子彈凹痕的警徽擺在眼前。

孫景禮認得這個警徽的主人，他更清楚將警徽歸還給長官的意思為何……

孫景禮將手覆蓋在自己眼前。他知道，自己做了無法挽回的事，真正將子彈射進警徽主人心中的人，不是孫成……而是此時此刻正坐在這張辦公椅上、因為收到這個包裹而摀面淚流的自己。

要是哪一天能當面對著殷宇說出那句話就好了，只有那句話他必須對殷宇說，可是能夠祈求到原諒嗎？能夠將他親手烙下的傷疤徹底消除嗎？

孫景禮一時之間沒有答案，而窗外的白鴿拍翅離去，或許再也不會回到他的視線範圍內了……

番外一《失落的警徽》完

番外二

異國的蝴蝶

在下過大雪後的清晨，整片街道上盡是皓皓白雪，表現出沉靜無聲的美麗。卓格·斐迪辛一人走在大道上，路標盡是用英文寫成，與自己擦肩而過的路人們都操著濃濃英國腔口音，只不過他們自是看不見卓格，就一般人而言是不可能看到他的。

然而，凡事都有例外。

「先生借過一下！」

一名少年手抱著一只鐵籠，慌張的向卓格叫著。

卓格有些意外，因為沒想到這名少年能看見身為靈體的自己。

「不要跑！臭小子！」

追在少年身後的一名壯漢，氣沖沖的大吼著。

「糟糕！死定了……咦？」

正當少年緊張得不得了之際，卓格將手輕按在少年肩上，低聲說道：「躲在我身後。」

這時，直追少年而來的男人，上氣不接下氣的的環看四周，看上去似乎是在尋找少年的身影，他臉上的疑惑越來越明顯，隨即向周遭的路人們開口問：「喂！你、你們有沒有、看到一個向這裡跑來的少年？呼、呼呼……」

到處問遍都沒有得到想要的消息後，這名男人便氣呼呼的離開了。直到這時，躲在卓格身後的少年才愣愣的從後頭走了出來。

「好、好險……」

少年一手撫著胸膛，餘悸猶存，不過他以為自己是因為躲在卓格身後而沒被發現，實際上是卓格施了點法術讓對方沒見著少年。

「說吧，你做了什麼事讓對方如此氣憤的追著？偷了他的東西嗎？」卓格低聲詢問。

「我才沒有偷東西，我只是想抓一隻蝴蝶玩而已！」

少年立刻激動的轉過身、正面對著卓格反駁，抓在他手裡的鐵籠內，有一隻黑色的蝶兒在籠裡四處碰撞。

卓格看著這名少年，第一眼直衝上來的印象就是——這少年的長相像極了西法，行為舉止更如同兒時的西法。

會不會是自己太思念而導致這樣的錯覺？

不可能，絕對不可能是錯覺，卓格在心底這般告訴自己。

實際上，那名少年的確有著如西法一般深邃幽魅的雙眸、細薄的朱色緋唇、烏黑的髮絲……少年在陽光的照耀之下，是那麼的奪目搶眼，但是這名少年卻沒有西法那般的陰沉、那般的邪氣，有的只是符合這年紀該有的爽朗舉止，以及一對略微狡猾聰慧的眼神。

卓格就這麼沉默了一會，驚訝和疑惑紛紛在他腦海中翻騰，不過，目前除了少年的長相儀表讓他詫異之外，他也對那只裝著蝴蝶的鐵籠感到好奇。

「喂，這位大哥，你怎麼那麼好心幫我的忙？還是說……你跟其他大叔一樣，有某方面的癖好而找上我？」

少年抬頭問著卓格，那對幽藍眸子正盯著卓格的臉。

「什麼怪癖好……你這小鬼說話可真直接。不過，你剛才那句話的意思是說……你難道在從事不正當的工作？」卓格冷冷的否定，但是少年剛才的那一番話，倒引發他想探究的念頭。

「哈，大哥你要這麼說也算。誰叫我只是個孤兒，又沒讀什麼書，只好靠長相和身體吃飯。怎麼，很訝異嗎？」少年說得很直接，嘴角上帶過一抹無奈的笑。

「你是孤兒……？」

「嗯，而且還是個沒人敢收養的孤兒。聽我逃出去的孤兒院大人們說……我的出生地是個不吉祥禁地……啊，就叫那個什麼愛丁風堡吧！那個已經倒塌好久的鬼地方……」

「你出生在愛丁風堡？」聽到這字眼後，卓格立刻再提出了疑問。

「啊……說是出生也不太對……應該說，我是在那座廢墟中被發現的。而且當時的我就已經是『這副模樣』了……哈，很難以置信吧？」少年苦苦一笑，手指刮了刮白皙的臉頰。

「……不，我相信。」卓格用手去撥了撥被風吹亂的長髮，篤定的說。

「喔……你是第一個相信我的人呢。」

「我可以再請問你一個問題嗎？」

「哈，大哥你就直問吧。」

「你為什麼要偷抓蝴蝶？真的只是因為想玩蝴蝶而已嗎？」

卓格低頭看著少年，只見少年那對美眸同樣在注視著他。

少年笑著回答：「因為我喜歡黑色的蝴蝶。我喜歡看牠們蝶翼分離、無法逃生的畫面。這樣的興趣……很奇怪吧？」

「你果然是……那個人。」得到答覆的卓格，自言自語。接著他又開口道：「你要不要當我的養子？」

卓格一問之下，少年竟噗哧一聲笑了出來。

「哈哈，大哥你是想用這種方式來包養我嗎？好啦，開玩笑的。我嘛……當然很樂意。第一，我厭倦了一個人的生活。第二……因為你是唯一相信我的人。」

「卓西斯，那你就叫卓西斯吧。」

響起的低沉嗓音，迴盪在少年耳中。

「這是給我的名字嗎？真是個好名字，我喜歡。謝了，我的養父大人。」少年起先是訝異的張大雙眼，但很快的露出了笑容。

「既然你已經開口叫我養父了……現在身為養父的我，希望你可以放掉那隻蝴蝶，當作是我們成立父子關係的見證人如何？」

「哈哈！那有什麼問題！」

少年回給卓格一抹爽快的笑靨，並打開鐵籠的窗口，一隻黑蝶便拍翅飛出，優美的飛舞在兩人之間。

久久，黑蝶才離開他們，昂首飛向無垠的湛藍天幕。

番外《異國的蝴蝶》完

《勾魂筆記本05闇夜古堡的終戰》完

勾魂筆記本系列至此全部完結，謝謝您的支持！

《勾魂筆記本01暮光下的黑寡婦》《勾魂筆記本02此曲只應地獄有》

《勾魂筆記本03金色愛情的背叛》《勾魂筆記本04娃娃雕像的嘆息》

《勾魂筆記本05闇夜古堡的終戰》

全套五集，全國各大書店、網路書店、租書店，持續熱賣中！

他是人間蒸發一年的小說作家柳阿一，
身邊則是擁有刑警魂、撒鹽不手軟的助理編輯殷宇，
以及不信鬼神卻擁有陰陽眼的責任編輯方世傑，
一本謎樣的、會自動書寫故事的「勾魂冊」出現在三人眼前，
將他們平凡的拖稿催稿生活轉而涉入一連串詭異的命案之中！
究竟「勾魂冊」的主人是誰？他有何目的？
而柳阿一能否找回自己失落的記憶？
一切的答案，都在——勾魂筆記本
勾魂筆記本
全套五集，全國各大書店、網路書店、租書店，持續熱賣中！
典藏閣
華文聯合出版平台
www.book4u.com.tw
采舍國際
www.silkbook.com
不思議工作室_
立即搜尋
版權所有© Copyright 2014

飛小說系列103

勾魂筆記本05（完）

闇夜古堡的終戰

出版者■典藏閣
作　者■帝柳　　繪　者■GUNNI
總編輯■歐綾纖
製作團隊■不思議工作室

郵撥帳號■50017206 采舍國際有限公司（郵撥購買，請另付一成郵資）
台灣出版中心■新北市中和區中山路2段366巷10號10樓
電　話■(02)2248-7896　　傳　真■(02)2248-7758
物流中心■新北市中和區中山路2段366巷10號3樓
電　話■(02)8245-8786　　傳　真■(02)8245-8718
ISBN■978-986-271-499-7
出版日期■2014年6月

全球華文國際市場總代理／采舍國際
地　址■新北市中和區中山路2段366巷10號3樓
電　話■(02)8245-8786　　傳　真■(02)8245-8718

新絲路網路書店
地　址■新北市中和區中山路2段366巷10號10樓
網　址■www.silkbook.com
電　話■(02)8245-9896
傳　真■(02)8245-8819

線上總代理：全球華文聯合出版平台
主題討論區：http://www.silkbook.com/bookclub　◎新絲路讀書會
紙本書平台：http://www.silkbook.com　◎新絲路網路書店
瀏覽電子書：http://www.book4u.com.tw　◎華文電子書中心
電子書下載：http://www.book4u.com.tw　◎電子書中心（Acrobat Reader）

☞您在什麼地方購買本書？☜

1. 便利商店（________市／縣）：☐7-11　☐全家　☐萊爾富　☐其他________

2. 網路書店：☐新絲路　☐博客來　☐金石堂　☐其他________

3. 書店（________市／縣）：☐金石堂　☐誠品　☐安利美特animate　☐其他________

姓名：________地址：________________

聯絡電話：________　電子郵箱：________________

您的性別：☐男　☐女　　您的生日：西元________年________月________日

（請務必填妥基本資料，以利贈品寄送）

您的職業：☐上班族　☐學生　☐服務業　☐軍警公教　☐資訊業　☐娛樂相關產業

☐自由業　☐其他________

您的學歷：☐高中（含高中以下）　☐專科、大學　☐研究所以上

☞購買前☜

您從何處得知本書：☐逛書店　☐網路廣告（網站：________）　☐親友介紹

（可複選）　☐出版書訊　☐銷售人員推薦　☐其他________

本書吸引您的原因：☐書名很好　☐封面精美　☐書腰文字　☐封底文字　☐欣賞作家

（可複選）　☐喜歡畫家　☐價格合理　☐題材有趣　☐廣告印象深刻

☐其他________

☞購買後☜

您滿意的部份：☐書名　☐封面　☐故事內容　☐版面編排　☐價格　☐贈品

（可複選）　☐其他

不滿意的部份：☐書名　☐封面　☐故事內容　☐版面編排　☐價格　☐贈品

（可複選）　☐其他

您對本書以及典藏閣的建議________________

____

____

✌未來您是否願意收到相關書訊？☐是　☐否

感謝您寶貴的意見

印刷品

請貼
3.5元
郵票

235 新北市中和區中山路二段366巷10號10樓
華文網出版集團 收
（典藏閣－不思議工作室）

闇夜古堡的終戰——

Novel✎帝柳 Illust✎GUNNI

勾魂筆記本

THE END

✎If you choose to forget it,
you would remember it someday.
Listen! It's the stroke of 05:00.